新潮文庫

さびしい女神

僕僕先生

仁木英之著

新潮社版

9605

さびしい女神

僕僕先生

一

濃い海の青に、それよりはわずかに淡い空の青が覆《おお》いかぶさっている。

中国大陸の南の端、広州の外港、番禺《ばんう》から海に出て西に五十日。王弁《おうべん》たちは南海に面した小さな沿海州、武安州にたどり着いていた。

まだ足元が揺れているような気がして、王弁はよろめく。

南方の強い潮の香りが鼻の奥に満ちて、むせかえりそうになる。沖合にいた時よりも、浜に上がってからの方が海の匂《にお》いをより感じるのが不思議だった。

近くにいた、どこの民族かも定かでない真っ黒に日焼けした若者が王弁の腕をつか

み、転びそうになった彼を助けてくれる。ありがとう、と礼を言うと、若者は真白な歯を輝かせて微笑し、去って行った。

顔を上げると港が見える。穏やかな波間に、巨大な蓆《むしろ》のような帆を立てた大小の船がゆっくりと左右に動いていた。

「港に着いて一晩経《た》つのに、いつまでも海気分にひたってるんじゃないぞ」

そんな王弁を見上げて呆《あき》れ顔をしているのは、美しい少女姿をした仙人、僕僕先生である。淮南《わいなん》光州は楽安《らくあん》県黄土山《おうどさん》に彼女は庵《いおり》を結んでいた。楽安県近くの田舎町、無隷《むれい》県元県令のぐうたら息子であった王弁はひょんなことから彼女の弟子となり、ついに大陸の南端にまで旅路を共にしているのだ。

「こんな天地の片隅を移動したくらいで大げさな。キミはもっと長い距離を飛んだこともあるだろうが」

確かに、この不思議な仙人と旅に出てすぐ、王弁は世界の境を越えて別の世界を訪ねる大旅行を体験した。ただ、それは自分の足で歩いた訳ではない。

「飛んだのは俺じゃないですけどね」

「キミが動いたことには違いないよ」

僕僕の言葉に同意するように、瘦《や》せ馬吉良《きら》も鼻を鳴らす。瘦せて所々毛も抜けたくたびれ馬に見える吉良は、一たび真の姿を現せば天地の間すら飛び越える天馬となる。

王弁を別の世界へと連れて行ってくれたのは、何を隠そうこの吉良だ。

そんな彼らを、瞳《ひとみ》に憂《うれ》いを秘めた艶《あでやか》な女、薄妃《はくひ》が見詰めている。

皮一枚の妖《あやかし》である彼女は、言い交わした男に裏切られ、宙を漂いながら悄然《しょうぜん》と旅を続けていた。そんな薄妃の袖《そで》をつかんで、風に飛んでいかないように抑えているのが、長安の暗殺組織、胡蝶房《こちょうぼう》の殺し屋、劉欣《りゅうきん》である。

ナナフシのように細く長い手足としゃれこうべのように眼窩《がんか》の落ち窪《くぼ》んだ顔は、極めつきの異相だ。だが気配を消す術によって、行きかう人々は全く彼に注意を向けていない。その懐《ふところ》からは相棒の大百足《むかで》が時折顔を出し、辺りを見回してかちかちと牙《きば》を鳴らしている。

劉欣は薄妃が宙を舞っていても目立たないように気を配りつつ、一見ぼんやりとした視線を周囲に送って警戒を怠らない。裏切りが許されない組織を脱走し、今や標的であるはずの僕僕たちと共に旅をしている彼は、常に気を張り詰めている。かつての同僚たちが追っ手となって、襲ってくるかもしれないからだ。すでに、彼は手塩にかけて育てた弟分を、葬《ほうむ》り去っていた。

彼の緊張感をよそに、王弁は生あくびを繰り返す。海から上がって一晩経っても、船酔いが抜けないのだ。

「先生には天地の片隅かもしれませんけどね。自分の足で旅するのは吉良の背中に乗っけてもらうのとは全然違いますよ」

反論しながらも足元のおぼつかない王弁は、どん、と誰かにぶつかった。すみません、と頭を下げる王弁の前には、広州から共に逃げてきた苗人《ミャオ》の双子、引飛虎《いんひこ》と推《すい》飛虎《ひこ》が嬉《うれ》しそうな顔で立っていた。

大陸を一路南に下る旅を続けていた僕僕一行は途上の衡州《こうしゅう》で、怪人、黒卵《こくらん》に襲われていたこの双子を助けた。そして、広州で再会した際に、苗人の内紛と胡蝶房からの襲撃に巻き込まれて、共に海に逃げ出したというわけである。

「話は終わったわよ」

引飛虎の懐から顔を出したのは、大きな蚕《かいこ》である。

梧州《ごしゅう》の蒼梧《そうご》で道連れとなった蚕は人々の願いを叶《かな》えると崇《あが》められていたが、とある道士に囚《とら》われ、操られていた。その呪縛《じゅばく》から解き放たれて僕僕たちと道行きを共にすることになった彼女は、苗人の双子となみならぬ因縁があるらしい。

船上で二人に正体を明かした彼女は、引飛虎と推飛虎の兄弟と今まで一刻《いっとき》にわたって、何やら話し合っていたのだ。

「で、話はついたのか」

僕僕が訊《き》くと、引飛虎は明るい表情のまま頷《うなず》いた。

「水晶さまは共に故郷に帰ることを承知して下さいました」

「あたしは気が乗らないんだけど」

蚕が口吻《こうふん》をかちかち鳴らして不満を表明した。

「気が乗らないかもしれないが、どうしても行かねばならんようだな」

そう僕僕に言われて、ふん、と蚕はそっぽを向いた。

「広州で隣国の連中ともめたところを収めて下さって以来、水晶さまが近くにいらっしゃるとは思っていましたが、まさかこんな姿になって僕僕先生と一緒におられたとは」

引飛虎が蚕の頭を撫《な》でようとすると、首を振ってその懐から飛び降り、王弁の袖の中に隠れてしまった。

「あ、拗《す》ねちゃった」

王弁が袖の中を覗《のぞ》き込むと、蚕嬢《さんじょう》はその鼻の頭にかみついて追い払う。

「お昼寝するんだから構わないでちょうだい」

「引飛虎さんと話は……」

「もう話すことなんてないわよ」

憎まれ口をたたいてはいるが、蚕嬢は不思議とこの漢人の男とその師であるという仙人を気に入っていた。その近くにいると安らかに眠ることが出来たり、気が晴れたりするのだ。

もとは同じ国の出である飛虎兄弟との憂鬱《ゆううつ》な話し合いで疲れた蚕嬢は、王弁の袖の中で寝息を立て始める。そして決まって、同じ夢を見るのであった。自分が蚕へと身を変ぜられ、故郷を捨てた時の夢だ。

そもそものきっかけは、退屈極まりない日々が続いたことだった。

蚕嬢の故郷には、水と豊かな実りを司《つかさど》る聖なる峰がある。名を六合峰《ろくごうほう》という。角錐形《かくすいけい》をした美しい山の麓《ふもと》に、苗人の国がある。急峻《きゅうしゅん》な山肌を拓《ひら》いて整えられた棚田と谷を縦横に走る水路が国を潤《うるお》し、峰麓苗《ほうろく》と呼ばれる人々は峰西《ほうせい》と峰東《ほうとう》の二つの群落に別れて暮らしていた。

峰西には王が住み、峰東は西から派遣された王族が統治することになっているものの、二つの群落の人々は水と土地を巡って何世代にもわたる争いを続けていた。西と東の人々は王の代替わりや国全体で行なう祭儀以外、往来することもほとんどない。

蚕嬢の正体は峰麓王の藍地銀《らんちぎん》の娘、碧水晶《へきすいしょう》である。

山の頂には峰の周囲を潤す神がましますとされ、峰西と峰東は十二年おきに巫女《みこ》と、巫女を支える「導神《どうしん》」という役割の青年を捧《ささ》げ、神に奉仕させることがならわしとなっていた。

十二年に一度だけ、二つの群落の主だった者が峰の頂に集まり、社で籤《くじ》を引いて次の十二年の巫女を定める。巫女と導神は双方の高貴の家柄から選ばれることが掟《おきて》とされていた。

二つの群落の関係が冷え切っても、唯一《ゆいいつ》残っている共同作業だ。水晶は神託によってその巫女に選ばれ、導神の青年として峰東が選んだ、峰東の執政官朱火鉄《しゅかてつ》の末子である茶風森《ちゃふうしん》と共に山に登った。

社の後ろには小さな泉があり、こんこんと豊かな水が溢《あふ》れ出している。そこから麓へと下る流れが、六合峰の周囲を潤しているのだ。

神さまに仕えると言われていたが、その神の姿はどこにもなかった。代わりに目の前には、優しい少年がいつもいた。退屈まぎれに、水晶はよく彼に絡《から》んだ。

「おかしいと思わないの?」

「何がです?」

「あたしたちがこんなとこにいなくたってお日様は昇るし、水は流れるし。ねえ、山を下りようよ」

そんな風にぐずる彼女を、少年は優しくなだめる。

「峰の麓に住む人々が豊かに暮らすことが出来るのは、あなたがここにいるからです。何もしていないように思えますが、ここにいることが務めなのですよ」

その答えに、彼女は満足できなかった。ただ日が昇り、日が沈み、時に曇り、雨が降る。それだけの繰り返しを貴いとは、彼女にはどうしても思えなかった。だから逃げようとした。

二人が暮らす峰には、雨の多い季節と少ない季節が交互に巡ってくる。

一年目は何とか我慢した。でも二年目の雨の少ない季節になって、彼女は退屈で死にそうになった。もう我慢できない。

掟では社の周囲、神木の間に張り巡らされた結界の外に出てはならないということになっている。暇を持て余した彼女は、何度も結界の境を見に行った。木の間に複雑な文様を描いて張り巡らされた縄は、十二年ごと巫女が入れ代わる際に張り替えられる。

木の繊維を縒《よ》り合わせた、なんてことのない縄だ。

結界のあちらとこちらの見た目など、何も変わらない。彼女は共にいる少年に越えろと命じてみたが、あらゆる命に従う少年も、それだけは頑《かたく》なに拒否した。

「いいじゃない。ちょっと出るだけ、ね？」

「だめです」

「だってここには、あたしとあなたしかいないんだよ。誰も見ていないんだから」

「え、ええ」

少女は何気ない言葉にふと紅がさした少年の頬に興味を抱いた。

久々に面白いものを見つけた気になって、少女は一歩近付く。少年は戸惑ったように一歩下がる。その様がおかしくて、少女は少年を追い回した。少年は困惑しているようで、どこか嬉しそうなのが、水晶には奇妙だった。

「どうしたの？」

社には巫女たちが書き残した、社の記録が保管されてある。

十二年の時間をどのように巫女がやり過ごしてきたのか。ある者はひたすら衣を織り、ある者は歌い楽器を奏《かな》でて過ごした。社の一角を畑にし、草花の成長を心の糧《かて》にしたものもあれば、自分が守っている社の神について考え続けた者もいた。

碧水晶にはそのどれもが無理だった。

機織《はたおり》にも歌にも、農耕にも神さまにも興味がない。ただ人の住む世間に戻りたかった。そんなことを考えながら記録を読み進める。

「社は純潔の処女に守られて峰麓を潤す、か。ばっかみたい」

少女は男女の営みについて多少の知識はある。父と母がどうにかして自分が生まれたことくらいは理解していた。

「て、ことは、あたしが純潔じゃなくなったらこのお社もあたしを解放してくれるのかしらね……」

その考えが当たっているかどうかを試す格好の相手が、すぐ近くにいた。

季節が一巡して、茶風森は碧水晶を避けるようになっていた。だが彼女にはよくわかっていた。少年は横目で、いつも自分を見ていた。眠っている時、沐浴《もくよく》をしている時、食事をしている時、見ていないふりをしながら、その実息苦しくなるほどの視線を送って来ていることに気づいていた。

二人の間に張りつめた甘く危うい空気は、限界に達していた。

（機は熟したかしら）

水晶はかねて考えていた計画を実行に移す。

雲が重く垂れ込めて、昼間なのにたそがれ時のように暗いある日のことだった。水晶は朝のお祈りを終えて、社の自室で休んでいた。

山頂の小さな泉で体を清め、峰に鎮座する神に祈りを捧げてから朝食の時間となる。食事は少年が調理し、お祈りを終えた少女の部屋に持って来るのが決まりだ。

食事を終えてお茶を一服している少女は、手際《てぎわ》よく食器を片付けている少年の横顔を見詰めていた。少年は見られていることに気付いている、と彼女は思った。

ここ数日、二人が言葉を交わすことは極端に少なくなっていた。

彼女が話しかけても、少年は困ったように短い答を返すだけだ。少女は黙って立ち上がり、少年に近付く。

「な、何ですか？」

少年の首筋の産毛《うぶげ》が見えるところまで近付いても、彼は逃げなかった。

「あたしのこと見てるでしょ」

「み、見てないです」

褐色のなめらかな肌に手を回しても、少年は拒絶の言葉を口にしながらも、少女を押しのけることはしなかった。

「止《や》めて下さい」

風森の声は小さかった。水晶は少年に特段の感情を抱いていない。なのに神のすぐ近くで禁忌を犯そうとしていることに、暗い悦《よろこ》びを感じていた。その悦びが、彼女を後戻り出来ない場所へと追いやろうとしていた。

「い、引飛虎さんがあなたを待っています」

少年の言葉に、水晶は一瞬体をこわばらせた。だが茶風森の怯《おび》えと期待が入り混じった表情に得体の知れない快感を覚えた水晶は、自分が想《おも》いを寄せている青年のことを頭から振りはらった。

「一度の過《あやま》ちくらい、神さまだって引飛虎だって許してくれる。それにこのこと、あなたは秘密にしてくれるわよね」

こくりと頷いた少年に、水晶は体を預けていく。やがて、体の奥で何かがぷつり、と切れる音がした。

少女はそれが、社を取り囲む忌々《いまいま》しい縛《いまし》めが外れる音だと確信した。急いで衣を調えると、呆然《ぼうぜん》としている少年を振り返ることもせず山を駆け下りる。

何も起こらない。

「ほら見なさい。何てことないのよ！」

あはは、と笑いながら山道を駆け下りる少女は、躓《つまず》いて転んだ。

体を起こしても、地面が目の高さにある。どれほど立ち上がろうとしても、体が地に寝そべったままなのだ。足でもくじいたかと視線を足元に向けた少女は愕然《がくぜん》とした。美しい巫女の衣に包まれていた足がなくなり、白くてぶよぶよした、虫の体になっていた。悲鳴を上げた彼女は山道を転がり落ち、気付くと顔を白い布で覆《おお》った男に体を摑《つか》まれていた。

次に彼女が正気に戻ったのは、王弁と僕僕に出会ったときであった。そして長年いがみあってきた峰西と峰東は、彼女の出奔《しゅっぽん》を契機についに一線を越え、いまや別々の王を戴《いただ》き対立する二つの国に分かれたという。峰西の王は蚕嬢の父、藍地銀。そして峰東の王として擁立されたのは、蚕嬢に裏切られた茶風森の父、朱火鉄。互いの家族同士の憎しみが、二つの地域に住む苗人全体の対立をも煽《あお》り立てている……。

目を覚ました蚕嬢が王弁の袖《そで》から外を見ると、すでに潮の香りはなくなり、代わりに草木の立てる青く深い匂《にお》いがあたりに満ちていた。

「ここは？」

「ああ、もう北に向かって歩き出しているよ。よく眠っていたね」

王弁が袖を差し上げ、周囲を見せてくれた。

「蚕嬢、キミは国に帰ればさぞかし責められるぞ。それでもいいのか」

ぼんやりとあたりを見渡している蚕嬢に、僕僕が声をかけた。

「ええ。そんなひどいことになってるなんて、思ってもみなかったもの……」

飛虎兄弟の前に姿を現すことを頑なに拒んでいた蚕嬢が、正体を明かすと僕僕に告げたのは、広州からは二千里ほど西にある、武安州の小さな港町に着いてからである。苗人の会所があるこの街で、僕僕一行はある噂《うわさ》を耳にした。大陸南部に点在する苗人の小国のうち、飛虎兄弟が住んでいた峰西苗がひどい旱魃《かんばつ》に襲われているというのである。

峰西苗の国は、僕僕たちがいる町から北へ山を越えて数百里の距離、思琅《しろう》州にあるという。

人々から聖なる山と崇《あが》められている六合峰の頂には、周囲に住む人々を守る社があり、そこには心身清らかな巫女と、彼女を補佐する導神の青年が住む。だが数ヶ月前、神託により選ばれて社の巫女となった少女が脱走していた——。

「それ以来、峰の麓からは水が涸《か》れつつあるということです」

王弁は引飛虎の話を聞いても、さして心配していなかった。

「そういうことなら、砰《ぱん》に頼めば一発ですよね」

僕僕は雷神の一族とも面識がある。いくら乾いた場所だろうと、雨雲を引き連れてきてもらえれば、旱魃などたちどころに解消されるだろう。王弁はそう気楽に考えている。だが、

「キミの頭もさぞかし水不足なんだろうな」

僕僕は心底ばかにした顔をして、王弁の耳を引っ張った。

「乾きに支配されている場所に雨は降らず、無理に雨師を引っ張ってきてもその力を発揮できない。引飛虎たちの国がどういう状況にあるのかはわからないが、これまで水豊かな国に乾きが居座って動かないのには、何か理由があるんだよ」

たちまち王弁はへこまされる。

「そういえば思琅州ってどこなんです？」

王弁は聞いたことのない地名に首をひねった。

「羈縻《きび》州だからな。キミが知らないのも無理はない。劉欣、わかるか」

僕僕は薄妃が飛んでいかないように柱に結わえ付けていた男に声をかけた。

「辺境には異民族が多く住んでいる。数千里離れた都から全《すべ》てを統治するのは無理だから、各部族の王に刺史《しし》の位を与えて治めさせる代わりに、大唐の正朔《せいさく》を奉じること

を約束させた。それが羈縻州だ」

　抑揚のない声で、劉欣が説明する。

「その通り。〝正朔を奉じる〟っていうのは、つまり王朝に服従するということだけど、広州から西、雲南や安南にかけては山がちで、長安からあまりに遠い。思琅州などと漢名はついているが、ほとんどの者は自分たちが大唐帝国の一員だとは考えていないだろうね」

　僕僕はさてどうするか、と腕組みをした。

「行きたいか？」

　と一同に訊《き》く。

「どんなところなんです？」

　飛虎兄弟は王弁の問いに、言葉を尽くして六合峰とその周辺の風光について語る。折々に咲く花、美しい歌声を披露する鳥たち、深い味わいの酒、収穫の時期になると若い男女の間で交わされる歌垣《うたがき》……。

　異国情緒の好きな王弁は、双子が歌うように語る峰西苗のありさまに陶然となった。が、

「しかし水が絶えたとなれば、どうなっているのか私にも想像がつきません」

と言われて夢から醒《さ》めてしまう。

「行くべきだ」

思いがけず強く主張したのが、劉欣であった。

「思琅州は羈縻州の中でも特に奥地にある。胡蝶の連中は広州で俺たちを見失ったが、漢族が多い地域から調べていくはずだし、あのあたりに詳しい奴《やつ》も聞いたことがない。身を隠すなら絶好の場所だ」

「薄妃は……」

ぼんやりと風に漂っている女は僕僕たちのやり取りを興味なさげな顔で聞いているばかりだ。

「どちらでもよさそうだな。よし、引飛虎たちがそこまで誇る美しい国を見ることが出来るなら、それもまた一興」

「ええ。水晶さまが国に戻り、社の神の怒りを鎮《しず》めてくだされば、きっと国も元に戻ることでしょう」

一同が蚕嬢を見ると、

「あたしが帰らなくちゃどうにもならないんだったら、仕方ないじゃない」

袖の中で、蚕嬢は疲れたようにため息をついた。

「先生、蚕嬢さんがいた社の神さまに心当たりはないんですか。お知り合いなら話が早いですよね」

青稞《せいか》麦《むぎ》を醸《かも》して作った透明な酒、青稞酒をすすりながら、僕僕は彩雲《さいうん》の上で胡坐《あぐら》をかいている。

「さあなあ。旱《ひでり》の神さまなんぞいくらでもいる。行ってみなければわからない。旱の神さまは気難しいのが多いから、ボクが頼んでみたところで素直にどいてくれるとは思えないけどな」

と言いつつ、僕僕はどこか楽しげに笑みを浮かべた。

そういうわけで一行は、武安州より延びる細い街道を、一路北へと進んでいる。

「これまでの道と随分雰囲気が違いますね……」

王弁は少々緊張の面持ちである。

「そうか？　道であることは同じだよ」

そう僕僕は言うが、王弁はどこか心細い。道は進むほどに細くなり、行き交う人は皆漢人とは違う衣服を身につけ、言葉も聞いたことがない。

これまでも南に進むに連れて、徐々に漢人の割合は減っていたが、少ないながらもいることはいた。だが思琅州へ向かう道に漢人の姿は皆無だった。

「道であることも同じなら、歩いているのも同じ人間。緊張するほうがおかしいのさ」

これまでの旅路で見るよりもさらに濃い緑のせいであろうか、僕僕の横顔は中原《ちゅうげん》を歩いている時よりも穏やかであるように、王弁には思われた。

「先生はこちらに来たことあるんですか？」

「長く生きているからね、天下は大方知っているつもりだ。でも思琅州には行ったことがないな。身一つで天地を渡り歩いていれば全てを見聞きした気分になるけど、それはおこがましい考えというものだ」

道の左右は山に囲まれてはいるが、その多くの山肌には田畑が切り開かれ、人々が腰をかがめて農作業にいそしんでいる。道端の草も刈られ、綺麗《きれい》に整えられていた。峠ごとに茶店があり、各地を巡っているのであろう苗の商人や、近在の農民たちが集まっては噂話に花を咲かせている。

引飛虎と推飛虎は北からやって来る旅人に会うたびに、峰西の様子を聞いているようだった。王弁には詳しいことを話さなかったが、話を聞くごとに曇っていく表情を見れば、王弁にも大方の予想はついた。

「ひどいんですかね」

「何でボクに訊くんだ。引飛虎たちは漢語が達者なんだから、直接訊け」

「だって、引飛虎さんたち、えらく怖い顔になってるんですよ」

「そりゃ故郷が干上がれば心配にもなる」

僕僕一行が歩く先には折り重なるように山なみが連続し、そのどれもが濃い緑に覆われている。街道の横をつかず離れず流れる清流からは涼しげな音が聞こえ、豊かな水量から吹き上がる涼風が、汗を払ってくれていた。

「信じられないですね。この先で旱魃だなんて」

「前に砰が長沙《ちょうさ》に居座っていた時は、遠くからも雷雲が望めたからな。遠くから見えないからこそ、乾きというのは余計に厄介なのかも知れない」

雷神の子である砰は友人の董虔《とうけん》少年との約束を守るために長沙に居座り、おかげで城内は水浸しになったのであるが、その時は遠くから黒い雲の塊が見えていたものだ。

そんな会話をした数日後、周囲の景色が一変した。

盛り上がるようにして山を覆っていた濃い緑は白く枯れ果て、街道の脇《わき》から聞こえていた瀬音がふいにか細くなった。鳥のさえずりも虫の声もいよいよ消えたあたりで、ふいに引飛虎が遠くの峰を指す。

「あそこに見えるのが、六合峰です」

全ての辺が同じ長さで出来た、職人が作ったようにきっちりした正三角形をしている山だ。

「何だか、変な感じですね」

「よっぽど几帳面《きちょうめん》な神さまが築いたのだろう」

僕僕はしばらく山の頂辺りを見つめていたが、一つ肩をすくめて言った。

峰が視界の中で大きくなるにつれ、乾燥がひどくなってきた。一歩歩くごとに濛々《もうもう》と土ぼこりが舞い上がり、王弁は目が開けていられない上、鼻が詰まるような埃《ほこり》っぽさに閉口する。

薄妃は素早く空高く舞い上がって埃を避け、劉欣は黒い布を懐《ふところ》から取り出して顔に巻きつけた。吉良はもともとながい睫《まつ》毛《げ》と鼻毛が顔を守っているのか、涼しい顔である。

王弁と飛虎兄弟だけが派手にげほげほと咳《せ》き込んでいた。

「これはひどい」

劉欣の真似《まね》をして手ぬぐいを顔に巻きつけると、何とか呼吸が出来るようになった。

しかし着物の間から細かい砂粒が入ってきて不快なことこの上ない。王弁はばさばさと衣を振りながら、ふと視線を感じて上を見た。

「大変だね」

相変わらず涼しい顔をした僕僕が、彩雲の上から彼を見下ろしている。

「仙人は便利ですね」

と布の下から舌を出して、王弁は強がった。

「キミもその便利な仙人になれれば良いのにな」

「そんなこと思ってないくせに」

王弁が仙骨が欲しいと言うと、僕僕はたいてい良い顔をしない。仙骨さえ備えれば彼女と同じ仙人になれるかもしれないのに、一体、なにが気に入らないのか。そのことが口惜《くや》しい昨今である。だが彼自身は、これまでの旅で仙骨への手がかりが少しずつ見えてきた気がしている。

(絶対に仙骨を手に入れてやるんだ)

王弁が心に決めていることであった。

「そろそろです」

かつては緑に覆われていたであろう白茶けた山肌には、棚田が頂から麓《ふもと》まで切れ間なく設《しつら》えられている。

「本来であれば一度目の収穫が近いのですが、これほど乾いては収穫も望めますまい。幸い、峰西には国倉《こくそう》があって一年程度は民も食べていけますが、この旱魃が長く続くようなら、国は全滅です」

引飛虎の言葉通り、棚田に林立する稲は半ばまで伸びたところで痩《や》せ細って枯れ、乾いた風にそよいでいる。

「このあたりの十一月といえば、一面の棚田が黄金色に染まっていてそれは美しいものだと聞いていたが、思った以上にひどいね」

僕僕は五色の彩雲に乗ってふわふわと高度を上げ、棚田の稲に手を伸ばした。ぱさり、と枯れ葉を踏んだような音がして、稲は折れ倒れる。

「ちょっと止まっていただけますか」

土煙の向こうに、村に毛が生えた程度の大きさの集落が見えている。

「あれが我らの国都です」

「あれが？」

王弁の想像する都は、長安のように周りを高い壁に囲まれた巨大な城市だ。だが目の前にあるその都には生垣すらない。乾いた風の中で揺らめいているせいか、そのまま消え去ってしまいそうな程に儚《はかな》げに見えた。

「ええ。峰西苗の国は小さく、民の数は一万に足りません。そのうちおよそ三分の一がこの都、豊水《ほうすい》に住んでいます」

「豊水か。皮肉なもんだ」

それまでずっと黙っていた劉欣がぼそりと呟《つぶや》いた。

「で、よそ者が都に入る前に何か儀礼があるのかな」

僕僕が訊《たず》ねる。

「客人はそのままおいでいただければいいのですが、水晶さまとお話させてもらっていいですか」

引飛虎は、王弁の袖《そで》の中に閉じこもったままで数日を過ごしている社の巫女《みこ》を呼んだ。

「何よ」

不機嫌そうに顔を出した蚕に向かい、引飛虎は王に会って事情を説明して欲しい、と頼んだ。

「ばっかじゃないの」

蚕嬢は唾《つば》を飛ばさんばかりの勢いで罵《ののし》った。

「誰が掟《おきて》を破って社から逃げ出した挙句《あげく》、蚕にされた娘と会いたがるものですか」

「どうしてそう言えるのだ」

と僕僕が冷静に口を挟むと、

「だって、普通嫌にならない？　自分の娘のために国中が旱に見舞われてるんだから」

「わかってるんなら謝れば話が早いのではないか」

蚕嬢は口を忙しく開いたり閉じたりして首を振る。

「父に頭を下げてる暇があったら、さっさと社に戻って山の神さまにご機嫌直してもらうわよ」

「そうはいきません」

これまで蚕嬢の言葉には平伏せんばかりの恭順を見せていた引飛虎が逆らった。

「お社の鎮めは、巫女と導神が揃《そろ》っていなければなりません」

「面倒くさいわね」

「面倒くさいのがしきたりというものです。ともかく、姫様が社を脱走してそのようなお姿になったのであれば、導神であった者も何らかの制裁を加えられているはず」

「じゃあそいつをさっさと探しなさいよ」

「そんな余裕があるかどうか。もしすぐに見つからないとすれば、新しい導神は東西両国で選ばなければならないことはご存知でしょう。水晶さまの時は茶風森どのが自ら手を挙げたからすぐに決まりましたが、通常であれば揉《も》めに揉めるのが普通です」

峰のお社を守る巫女は、神前の籤引《くじび》きによって決められるが、導神は話し合いで選出される。家柄がよく純潔の男子であり、頂の社に十二年間閉じ込められて間違いを起こさない。そういう若者を選ばねばならなかったから、毎度話し合いは紛糾した、と引飛虎は言う。

「だ、だったらあんたがやりなさいよ。あんたが」

蚕嬢は挑むように引飛虎にその役を押し付けた。

「お、俺がですか。俺はちょっともう、その純潔とは……」

「何ですって」

蚕嬢が何故《なぜ》か激怒する。その様を見て押していた引飛虎が急に口ごもった。

「ほら、出来ないんじゃないの。人に押し付けてばっかで、虫が良すぎるっての！」

「いや、違うんです」

「違わないわよ！　推飛虎、じゃああんたが一緒に来なさい」

「へ？」

急に話を振られた双子の弟は目を白黒させている。

蚕嬢は、二人のやり取りをはらはらしながら聞いていた王弁の袖の中に引っ込んでしまった。飛虎兄弟と王弁は顔を見合わせて肩をすくめるしかない。

「蚕嬢は怖がっているのだ」

不意に僕僕が口を開いた。王弁には、強気一辺倒な蚕のお嬢さんが怖がっているとはとても見えない。

「ここで出て行けば、父ばかりか国中の者に叱《しか》られるだろう。社に戻って水と緑が戻れば良いが、もしこの旱が続くようなことがあれば、怒りどころか消えようのない恨みまで買ってしまうからな」

「へえ」

感心したように王弁は腕を組んだ。袖の中の蚕が、袖口のところに留まって、僕僕の話に聞き入っていることに彼は気付いていた。

「だったら命令を聞くであろう引飛虎なり推飛虎なりを導神として連れて行き、こっそり戻った方がいい。それでうまく元通りになってしまえば万々歳だ。よく出来ているようで、実に姑息《こそく》な考えだな。峰西の王女さまにしては小さい、小さい」

袖の中で蚕嬢がぷるぷると震えている。王弁がそっと中を覗《のぞ》きこむと、鼻先を盛大に嚙《か》まれた。

「うわっちゃっちゃ」

と悶絶《もんぜつ》している王弁を尻目《しりめ》に袖から転がり出た蚕嬢は、

「誰が姑息なのよ誰が。父のところだろうと神さまのとこだろうと、どこだって行ってやるわよ！」

と吼《ほ》えた。


蚕嬢が父の前に顔を出すと啖呵《たんか》を切った一刻《いっとき》後のことである。

峰西苗国の王、藍地銀は娘が帰って来たと側近に耳打ちされても表情を変えなかった。

褐色の肌に深く刻まれた皺《しわ》の上に、長く白い髯《ひげ》が胸もとまで垂れている。まだ老境とはいえない年のはずなのに、籐《とう》で編んだ豪奢《ごうしゃ》な椅子《いす》の上の王はひどく疲れて見えた。

「この責めはどうしてくれるのです！」

その王に指を突きつけるようにして、一人の男ががなり立てている。

「だから峰西と峰東で力を合わせてだな……」

ぼそぼそと藍地銀が言葉を返すが、

「こうなったのは峰西のせいだ。失われた水と緑を贖《あがな》っていただきたい。もしそれが出来なければ峰東と峰西は戦争になりますぞ」

とけたたましく喚《わめ》く。

王弁には彼らの言っていることは理解できなかったが、引飛虎が気を遣っているのか逐一訳して聞かせてくれていた。

僕僕たちは屋根の両端がぴんと跳ね上がった独特の形状をした宮殿の階《きざはし》で待ちながら、顔を見合わせた。

「水がないせいで殺気だっているな」

僕僕は背中からいつもの酒壺《さかつぼ》を取り出して、手酌でやり始めている。

「ちょっと先生、王さまに会う前に」

「長話になりそうだ。水がなければ酒を飲めばいいのに。ほれ、キミもどうだ」

王弁がたしなめても僕僕はおかまいなしに杯を干す。

「何を不謹慎なこと言ってるんですか。酒飲むと余計水が欲しくなるでしょ」

王弁は袖の中にいる蚕嬢の緊張が伝わってきて、酒を飲む気になどなれない。声をかけても生返事しか返ってこないし、蚕は少し震えているようにも思えた。

宮殿の庭には、木の幹をくり抜いて作った大きな樋《ひ》が山積みにされていた。

「あれ何です？」

王弁が引飛虎に訊《き》くと、

「ああ、あれは峰の豊かな水を隣国に引くための水路だったんですよ。あの樋をつなげて水を送るんです」

と答える。

「水路……」

「この乾きっぷりでは想像できないかもしれませんが、まさに売るほどあったわけです」

推飛虎が続け、兄弟は落胆した表情でため息をついた。気の毒そうに兄弟を見ている王弁の耳を僕僕が引っ張る。

「一つ言っておくが他人の家のことだ。あんまり余計なことを口にするんじゃないよ」

「わ、わかってますよ」

僕僕は懐の薬籠《やくろう》から丸薬を何錠か取り出した。黒く小さい薬を王弁たち漢人に手渡した。

「俺たち、別にどこも悪くないですよ」

「いつまでも飛虎たちに通訳をさせるわけにもいくまい。彼らは彼らですべきことがある。本来人と意を通じさせようとするならそれなりに努めねばならんが、今はそんな悠長なことが出来る状況でもなさそうだ。これを服しておけ」

劉欣は水もなしにさっさと飲み込む。薄妃ものろのろとした様子で口に入れた。王弁は薬くささに辟易《へきえき》しながら何とか飲み下した。口の中が乾いて仕方がないのは、蚕嬢の緊張が伝わっているからだけではない。国境を越えてからここまで歩き詰めに歩いたが、汗も出ない程の風の乾き具合なのだ。

「そういやがるもんでもないぞ。南国の暑気がこの乾きのせいで爽《さわ》やかなものになっているではないか」

僕僕のさらりと長い黒髪は時折宮殿を吹き抜けていく風になびいて杏《あんず》の香りを王弁の鼻に届けてくれる。だがうっとりとしかける王弁の耳に、突き刺さるような譴責《けんせき》の声が聞こえてくる。

さきほどまでは何のことやらわからなかった言葉が、今度は意味を持って耳に入ってくるため、聞き耳を立てずにはいられない。会話は一方的で、来客の男が峰西の王を一方的になじり続けていた。

「ともかく、峰東は国を挙げて怒っている。何も手を打たれないのであれば、我らは生きるためにあらゆる手段をとることをお忘れなく」

峰西の王は黙って聞いていても、王の左右にいる者たちは血相を変えている。王を面罵《めんば》されて気分のいいはずはない。だが、誰かが何か反論しようとするたびに、王は手を上げてそれを制した。

そんな場面が何度か繰り返された後、峰東から来た男は肩を怒《いか》らせて帰っていく。僕僕一行にもちらりと視線を投げたが、何も言わずに去っていく。その顔は峰西の王と同じように深い皺と疲労に被《おお》われていた。

僕僕が劉欣に目配せすると、劉欣は音もなく姿を消した。

「あれだけ怒るのだ。峰は相当ひどいことになっているのだろうが、劉欣に見てきてもらおうと思ってな」

僕僕は杯と酒壺をしまった。

「さあ、感動の親子対面だ」

と皮肉っぽい口調で言うと立ち上がり、引飛虎と推飛虎の先導で王の前に進む。藍地銀はぐったりと背もたれに体を預けていたが、引飛虎たちを見るとわずかに微笑《ほほえ》んだ。

「よく帰った」

「は！」

二人は跪《ひざまず》き、旅の顚末《てんまつ》を簡略に話した。僕僕たちとの出会い、そして蚕嬢こと碧水晶と再会した経緯などを、王は黙って聞いていた。

王は怒りもしなければ驚きもしなかった。ただ、

「水晶に会って連れて来たと言うが、姿がないではないか」

と訊いた。推飛虎が王弁の袖を引く。

「それが中々出てこなくて」

蚕嬢は気でも失ったかのように、王弁の袖の中で身じろぎ一つしなかった。強気に吼えたわりには、躊躇《ためら》いも強いようだった。

「引っ張り出せばいい」

こともなげに僕僕は言うが、王弁は蚕嬢の躊躇いが何となくわかるような気がした。親の期待を裏切っているのに、その前に出るのは気が引けるものだ。

「蚕嬢さん」

袖の中を覗きこむと、蚕嬢は小さな声で、わかってると答え、もそもそと袖の中から出てきた。

さすがに藍地銀は娘の変わり果てた姿に瞠目《どうもく》した。

「これが水晶なのか？」

引飛虎は頷《うなず》く。だが藍地銀は信じられないと首を振る。蚕はちらりと父を見たが、すぐに目を逸《そ》らした。王の臣下たちもただささやき合ってざわめいていた。

「あ、あたしのせいなんでしょ。さっさと首を斬《き》るなり磔《はりつけ》にするなり燃やすなり、好きにすればいいじゃないの」

きんきんと金切り声を上げた芋虫を見て、王は前に乗り出した体を深く椅子に沈めた。

「その声、本当に水晶なのだな」

「残念ながらね。これが社を逃げ出した者の成れの果てよ。神さまもいい趣味してるわ」

神を恐れぬ言葉に、一同はさらにどよめく。

だが藍地銀は不意に優しい表情になって、

「生きていて良かった……。ともかく今はゆっくり休みなさい」

そう娘に言って瞼《まぶた》を閉じた。さらに喚きたてようとしていた蚕嬢は出鼻をくじかれたように言葉に詰る。

「王よ」

僕僕は藍地銀に声をかけた。王は重たげな瞼を上げ、飛虎兄弟が連れて来た少女を見た。藍地銀の瞼は垂れ下がり、黒ずんでいる。

「この旱《ひでり》は本当に、社の巫女が姿を消してからのものか」

そう訊《たず》ねた。

「ああ、全《すべ》ては社が穢《けが》され、結界が破られたその日に始まった」

それまで常に適度な潤《うるお》いを孕《はら》んで国を包んでいた風が、突如乾いて荒々しいものへと姿を変えた。峰の頂からこんこんと湧《わ》き出す清水が濁って細り始め、豊かな水量を誇った井戸は深くまで掘り下げなければならなくなった。

「さらに奇怪なことに、恵みの雨をもたらしてくれる雲たちまでもが、この六合峰を避けるようになった。わしは人を峰の頂に送って何が起こったのか神託を得ようとした。そこで、峰の鎮《しず》めを務めているはずの水晶がいなくなっていることを知ったのだ」

人を総動員して捜索したが、六合峰にその姿は見えない。

「漢人の地に商いに行く引飛虎たちにも探すよう命じた。国が干上がるのが先か、娘が見つかるのが先かと気を揉《も》んでおったが、見つかってほっとしたわ」

父王の口調は、あくまでも優しいものであった。

「どうされますか。姫様に社に戻っていただきますか」

引飛虎が勢い込んで訊ねると、

「いや、少し考えねばならぬ。導神になった峰東王朱氏の子も姿を消している。まずは彼を探してやらねばならぬ」

と表情を曇らせた。

「ともかく、今は一息入れるがいい。食糧の蓄えもまだあるし、井戸も細くなっているものの涸《か》れ切ったわけではない。深く掘ればまだ地下に水の流れがある。水晶が帰り、引飛虎たちを助けてくれた方々が峰西に来てくれたということは、明るい兆《きざ》しではある」

王弁たちは王の前から退出する。

藍地銀の声はあくまでも穏かであったが、王弁は袖《そで》の中の蚕嬢に突き刺さる、臣下たちの怒りに満ちた視線を意識せずにはいられなかった。

「そりゃ腹も立つでしょうよ」

蚕嬢は王弁の袖の中から自嘲《じちょう》気味に呟《つぶや》いた。

「国をからっからにした張本人が芋虫になって帰ってきたんですからね」

「お父さんは喜んでたじゃないの」

「ふん、苦情の持って行き場が見つかってほっとしただけよ」

とひねた言葉を蚕嬢は続ける。

一行に用意されたのは、王宮と同じく、屋根の両端がぴんと跳ね上がり、一丈はありそうな太い柱に支えられた高床の建物だった。

国の賓客に供される建物の中には仕切りがほとんどなく、風が通るように出来ていた。床が高いのは湿気や鼠《ねずみ》を防ぐためであるが、折からの旱で湿気も鼠も絶えてしまったという。

彼らの前には、瓢簞《ひょうたん》が一つずつ宛《あ》てがわれた。二升の酒が入る程度の瓢簞だ。

「大変申し訳ありませんが、一日にお使いいただける水はこれだけです」

僕僕は背中から酒壺を出して王弁に振って見せたが、彼は飲む気にはなれなかった。

二

峰西《ほうせい》苗《ミャオ》の都、豊水に到着して最初の数日は何事もなく過ぎた。

国は大方枯れているというのに、王宮の周辺には豊かな緑を誇る巨木が群がりたち、建物を守るように立ち並んでいる。その一角だけが鮮やかな緑を発しているのが、王弁には逆に不気味に見えた。

「根が深いのだろう」

と僕僕は王弁に教えていた。

寝床から身を起こした王弁は井戸に顔を洗いに出かけ、そこで水を自由に使えない

ことを思い出して瓢簞《ひょうたん》を取りに戻る。庭先でちびちびと水を出しながら、顔を洗い、口をゆすいだ。そんな彼と入れ違いに、大きな蒸籠《せいろ》を抱えた若者が宿館へと入っていく。

ほかほかと蒸気を上げる蒸籠を開けると、大きな葉で包んだ粽《ちまき》が顔を出す。王弁が館に戻って腰を下ろす前に、僕僕は朝食を始めていた。

「さすがに本場のものは味が違うな」

僕僕は大きく口を開けて粽と包子《パオズ》を頰張り、実にご機嫌である。

「先生は暢気《のんき》ですねえ」

ぴたりと動きを止めた僕僕はくちびるの端を上げた。

「朝一番からボクに皮肉を言うとは、そりゃ天罰下って旱《ひでり》にもなる」

「だからそういうこと言うの不謹慎ですって」

王弁は峰西に来てひどい旱を見ているというのに、無関心なように見える師がもどかしかった。水がなければ降らせればいい。その力を持っている仙人が出し惜しみしているのが不思議だった。

「おい、それよりこの粽に入っている鶏肉を味わってみろ」

「はあ……」

続いて新しい瓢箪が支給された。一日に使える水はたったこれだけだ。

水を半口ずつ飲みながら、王弁は粽を口に運ぶ。確かに粽の味は大したものだったが、水の残りを頭の中で計算しながら食事をするのではうまさも半減だ。

「何か気付かないか」

僕僕は瞳《ひとみ》をきらきらさせて王弁に訊《たず》ねる。もう一口味わう。落ち着いて味わってみれば、実に深い味わいだ。南国の糯米《もちごめ》特有のもったりした甘みと粘り。その隅々に椎《しい》茸《たけ》と鶏肉の味が染《し》み渡り、付けあわせが何もなくても満足出来る。

「うまいです」

「貧困な舌と頭とはまさにキミのことを言うのだろうな。何がうまいかを説明するのだ、そういう時は」

王弁の答えに不満なのか、僕僕は頰を膨らませる。

「何がうまいもとなんです」

「そうやって訊《き》くあたりがまだまだなんだ」

またいつものからかいか、と王弁はため息をつく。確かに、旅の途中で食べたどの粽より、峰西の粽は美味《おい》しかった。しっかり出汁《だし》が効いているというか、実に濃厚。涸《か》れているとはいうものの水が違うのか、と考えるがよくわからない。

「ボクが見るに、この味わいの元となっているのは干し椎茸だろうな。ぎゅっと旨味《うまみ》が凝縮されている」

なるほど、王弁も納得した。茸《きのこ》や肉は、干すことによって旨味が増すことは良く知られていた。

僕僕は王弁をいじるのに飽きたのか、悠々たる様子で窯べりに立ち、峰の威容を眺めている。その視線の先に、紐《ひも》に結わえられた薄妃《はくひ》がゆらゆらと風に漂っている。

ふと王弁は、袖《そで》の中に蚕嬢《さんじょう》がいないことに気付いた。

「先生、蚕嬢さんどこに行ったか知りませんか」

「さあね」

興味なさそうに僕僕は答えた。

父王には叱《しか》られなかったものの、臣下たちには非難の視線を向けられた蚕嬢は、王弁の腹の上でぼんやりと数日を過ごしていた。

蚕嬢が帰ってきただけでは井戸の水位は回復していないという。水はますます細っているらしく、瓢箪に詰められる水の量が少しずつ減っている。僕僕は酒を飲んでいれば平気らしいし、劉欣《りゅうきん》も薄妃も平気な顔をしている。だが普通の人間である王弁は乾きに耐えかねていた。

「だらしない。ここの民は文句一つ言わず我慢しているではないか」

そう言いながらも、僕僕は自分の瓢箪を寄越してくれた。受け取りかけた王弁は、しばらく迷って断った。

「不公平ですから」

「いつまでその痩《や》せがまんが続くかな」

と僕僕は皮肉な笑みを浮かべる。そんな師には構わず、王弁も窓べりに立って静まり返った豊水の街を見渡した。

「それにしても、静かですね」

街に人影はほとんどなく、死んだ街のようになっている。

「動けば余計に水を欲するのが人間だからな。こんな乾いた風の中で不用意に動き回るのは自殺行為だ」

「確かに……」

そうですね、と王弁が頷《うなず》きかけた時、街の外れからがちゃがちゃと金属がぶつかりあうような音と喧騒《けんそう》が聞こえてきた。王弁が宿館の窓から顔を出すが、その方向には濛々《もうもう》と砂埃《すなぼこり》が立って何も見えない。

「またあんな疲れるようなことを」

僕僕は呆《あき》れ顔で煙っているあたりを見ている。

「何が起こっているんです？」

「先日、ここの王にねじこんだ奴《やつ》がいただろう」

「ああ、隣の国から来た使者が、水不足はこちらのせいだと苦情言ってましたね」

「劉欣によると、水不足は峰東《ほうとう》でより深刻だということだ。それも自分たちの責任ではないからね。他人のせいで不幸を蒙《こうむ》った者は怒りも甚だしい」

街の家々からは男たちが棍棒《こんぼう》や槍《やり》を持って出かけるが、その足取りは重い。

「せ、先生、止めないんですか」

「それはボクの仕事じゃない。大体、瓢箪一本ほどの水しか飲めない連中が、喧嘩《けんか》なんか出来るものか。それに峰東から山をぐるりと回りこんで来た連中は、きっとかっからに乾ききっている。暴れる余裕などないよ」

僕僕の言葉通り、ほんのしばらく罵《のの》り合う声が聞こえただけで、騒ぎはすぐに収まった。

先ほど家から出て行った男たちも、出かけた時よりもさらに重い足取りで家に帰ってくる。

「かわいそうに……」

「愚かな。骨折り損の何とやらだ。キミはあんなばかなことをするんじゃないぞ」

僕僕の冷たく聞こえる口調に、王弁は何故《なぜ》かかちんときた。

「キミは己の見たことに気持ちを重ねすぎなんだ。かりかりするんじゃない。そういう人間は間違っても仙人にはなれない」

そう厳しい口調で、僕僕は王弁を制した。

ぶすっとむくれながら、王弁は宿館を出る。仙人には些細《ささい》なことかもしれないが、水がなくて苛々《いらいら》して、どこかに怒鳴り込みたくなる気持ちはわかるし、押しかけてきた連中に反撃したくなる気持ちもわかる。それが些細なこととは王弁には思えない。

宿館の外は相変わらず乾いた風が吹いている。

屋根を見上げると、その端の跳ね上がったあたりに劉欣が立っていた。地面から何丈もあるのに、まるで怯《おび》えることもなく風に吹かれている。劉欣は王弁にちらりと視線を送っただけで、背中を向けた。


屋根の上に立つ劉欣は、峰とその周囲を襲っている異様な乾燥を見て考え込んでいた。

(胡蝶《こちょう》の差し金ではないだろうな……)

それが何より恐ろしかった。だが数日周囲を探っているうちに、胡蝶の臭《にお》いはないとひとまず安心するに至った。

それにしても異様な光景であった。

峰の周囲は白茶けた乾燥に覆《おお》われているというのに、遥《はる》かに見える山並みは南国の濃い緑で塗りつぶされている。見渡す限り乾いているというわけではなく、六合峰《ろくごうほう》の周囲数里だけが白く、切り抜かれたようになっていた。

「ねえちょっと」

そんな劉欣の足元から声がした。

「聞こえてるんでしょ。ちょっと話聞いてよ」

劉欣が声のする方を見ると、大きな蚕が急峻《きゅうしゅん》な屋根を登って来ている。

「よくこんなところにいられるわね」

蚕嬢は下を見下ろしてぶるると白い体を震わせる。

「そんなに怖いなら、俺が下りてから用を頼めばよかろう」

「人に聴かれたくないからわざわざ登ってきたのよ」

蚕嬢は、見上げて話すと首が疲れるから抱き上げてちょうだい、と横柄《おうへい》に言った。

その言葉を聞いた劉欣はその尻尾《しっぽ》を無造作につかみ、屋根の突端からぶら下げて見せる。

「あんたあたしに恨みでもあるわけ！」

金切り声で悲鳴を上げる蚕嬢を、劉欣は無表情に見つめている。

「巫女《みこ》が山の神の怒りを買ってこの乾きがあるなら、その怒りの元がなくなれば解決するんじゃないか」

そんな恐ろしいことを言って、すぐにでも放り出しそうな劉欣の前でじたばたと体を振り、助けてと蚕嬢は叫ぶ。

「人にものを頼む時はふさわしい態度ってもんがあるだろう」

苦笑いをくちびるの端に浮かべて、劉欣は手のひらに蚕嬢を乗せた。

「お、脅かさないでよ。あんたにしか出来ないことなの。その、お願い出来ないかしら」

先ほどよりはしおらしい口調で、蚕嬢は頼んだ。

「ことによる」

「あたしはお社から逃げて神さまの怒りを買った。その呪《のろ》いを受けて、こんな姿になった。しかも国は干からびて、峰東とは戦争一歩手前になってるわ」

「知っている。それで」

「でも逆に考えると、この危機を救えるのも、きっとあたしだけだと思うのよね。だから、あなたに探して欲しいものがあるの。呪いをかけられたのなら、きっと解く方法があるはず。あたしも社にいる時、置いてあった記録を読んでみたけど、あそこただのお社じゃないわね。ともかく、峰西と峰東それぞれの宮殿の奥に古文書が置かれている場所があるだろうから、そこに忍び込んで……」

「断る」

劉欣はにべもなかった。

「どうしてよ。あたしがこんなに頭を下げて頼んでるのに」

一所懸命頭を振って、蚕嬢は懇願《こんがん》する。

「人の姿に戻ったら、国のお宝を何でも上げるわ。あなた殺し屋なんでしょ？　きっと役に立つ物もあると思うの」

黙って聞いていた劉欣は蚕嬢を放り出すと、すたすたと屋根を下り出した。

「ちょっと待ちなさいよ！　お代は払うって言ってるでしょ。殺し屋なんだから、お金もらって仕事するんじゃないの」

ぴたりと足を止めた劉欣は戻ってくると蚕嬢をわしづかみにし、

「人を安く見ていると、死ぬことになる」

そう冷たい声で言い渡した。

「ごめんなさいごめんなさい！　断るにしても殺すことないでしょ！」

とにかく騒がしい蚕を締め上げる手からわずかに力を抜く。

「話はこれまでだ」

劉欣は屋根の上に蚕嬢を置くと、再び屋根を下りようと歩き出す。蚕嬢は必死にその背中に飛びついた。

「話はこれまでと言ったはずだ」

歩みを止めない背中で、蚕は大きく息をついているように劉欣は感じた。彼は足を止めて、蚕嬢の言葉を待ってやる。小さな声でぶつぶつと蚕は呟《つぶや》く。もちろん劉欣の耳はその内容を聞き取ってはいたが、敢《あ》えてもう一度言わせた。

「み、みんなを助けたいの。あたしのせいで国がなくなるなんて嫌。お爺《じい》さまやお父さまたちが拓《ひら》いた田畑が乾いていくのも嫌。だからお願い、助けて……」

その言葉を聞いた劉欣は初めて頷いた。

「最初からそう言え」

劉欣は背中を揺すって蚕を落とすと、

「このあたりのことを一番よくわかっているのは誰だ」

と訊ねる。蚕嬢はしばらく考え込み、やがて口を開く。

「東と西の境に国境の森があるの。その奥深くに大きな虚《うろ》のある檜《ひのき》があって、そこにおおばばさまが住んでいるわ」

「おおばばさま？　何者だそいつは」

「この峰麓《ほうろく》でただ一人、東西のどちらにも属さず、峰の木々を守っているの。巫女を選ぶ籤《くじ》はこのおおばばさまが作るんだけど、その籤は神木の枝で作られているらしいわ。あのおおばばさまなら峰の古い言い伝えをよく知ってると思う」

劉欣はそれだけ聞くと、ひょいと宙を舞って土埃の中に姿を消した。


恐ろしいほどに無防備な国だ、と劉欣は見ていた。

城らしい城はなく、兵隊も王宮と国境にわずかにいるだけで、数百人ほどの精鋭がいれば、あっという間に制圧出来そうな小国である。

峰西と峰東は六合峰を隔てて鏡映しのように位置している。互いの国を行き来するには、六合峰の頂を越える山越えか、山を大きく迂《う》回《かい》する密林の中の道がある。どの道も隣り合う国を結ぶ道にしては貧相で、武安州から峰に至る道の方がよほど整備されていた。

引飛虎《いんひこ》の言う通り、二つの国は相当仲が悪いらしい。

劉欣は藪《やぶ》の中を軽々と進みながら考える。

その疎遠《そえん》な隣国から怒鳴り込んでくるくらいだから、よほど今回の旱《ひでり》がこたえているのだと納得した。峰の頂からは一本の沢が麓《ふもと》へと流れているが、その流れは涸《か》れている。そのほとりには監視小屋がにらみ合うように両岸の所々に建てられているが、流れが涸れたせいか、今は無人となっていた。

そしてその流れが国境となっているのか、沢と道が交錯しているところに、異様なほどに巨大な石碑が建てられてある。そこには漢語と苗語で、ここが境界であることが記されていた。

石碑の傍らにも国の大きさにしては不似合いに大規模な砦《とりで》が築かれており、そこには今でも数十人ずつの兵が詰めていた。

(水の取り合いをしているうちに分裂したのだな)

劉欣はそう推測しながら乾いた山道を登り、山の頂へと至る。

中原では冬の十一月となれば鍛えた劉欣でも肌寒く感じる。だが南国で晴れ上がった日差しは強く、彼はなるべく枯れ木の陰を選んで歩いた。

一際《ひときわ》大きな檜の下で足を止める。

幹に結界の跡であろう縄が垂れ下がっていた。素早く上って手に握ると、灰のように崩れて風に消えていった。

檜の巨木は三角錐《さんかくすい》形の山肌を取り巻くようにそびえ、それぞれに縄の残骸《ざんがい》が残っている。王弁とは違って仙骨を備えた劉欣は、己の中にある仙骨の資質が何か反応しないかと期待しながら山の頂にたどり着いた。しかし、何も起こらなかった。

頂には石造りの拝殿の土台のようなものがあるが、建物はない。傍らには、蚕嬢と導神を任されていた青年が住んでいたと思われる三間《ま》の小屋が建っていた。

そしてそのうちの一間には、これまでの巫女が書き連ねていたのであろう帳面が散らばっていた。どれを開いても文字が分からないので、内容を読み取ることは出来ない。

だが、一冊の帳面が劉欣の目に留まった。

そこには、山の頂にない建物が描かれていた。それは峰西の町で見た屋根の両端が上がったものでも、各地の漢人が住むものでもない。どこか寒々とした石造りの小屋のような建物である。

「ん？」

しばしその絵を見つめていた劉欣は、ふと異様な気配を感じた。その石造りの小屋は、窓もなく棺《ひつぎ》のようだ。だがその奥から、ぞくりと肝が冷えるような視線を感じたのである。

彼は絵に見入っている姿勢を崩さないまま、四方の気配を探る。

だが峰の頂には乾いた風が立ち枯れしている木々を鳴らしているのみで、生き物の気配すらなかった。

帳面を下に置き、ゆっくりと外に出る。

石造りの土台の後ろには、かつて泉が湧《わ》き出ていたのであろう窪《くぼ》みがある。乾いた泉の底には、数匹の小魚の死体が乾ききって横たわっている。

（まただ）

ほんの一瞬、誰かが自分に視線を送る。

殺気ではない。だがこの峰の周囲を吹きすさぶ風と同じく、乾いていた。

「山の神とやら、出てきて俺と話をしないか」

試みに、劉欣は話しかけてみる。視線は、拝殿だったであろう石の土台から発せられていた。近づいても何も反応はない。思い切って、その拝殿の土台に足を踏み入れてみる。

だがそれでも、二度と視線も気配も彼の感覚をよぎることはなかった。

その後、山を下りた劉欣は、峰東の都にも足を伸ばす。

家の形も住んでいる者が身につけている衣服も、峰西と全く同じだ。頭に戴《いただ》く帽子に使われる糸の色や、女性の頭を飾る玉石の編み込み方にわずかな違いがある程度。

やはり町の中心部に王宮があり、周囲の家に較《くら》べて一際大きい。

難なく中へと忍び込み、あらかた調べ尽くすが、目を惹《ひ》くようなものは見つからなかった。峰東の街は既に見て回っていたから、劉欣は手詰まりとなってしまった。

町外れの枯れ木立の間に座り、彼は考え込む。

おそらく、巫女の務めを放棄して逃げ出すような跳ね返りはこれまでいなかったのだろう。劉欣は、自力で原因を突き止めることをあきらめ、蚕嬢が言っていた老女のもとへ向かうことにした。


劉欣が峰麓を駆け回っている間も、峰西の都は死んだように静まり返っている。

このまま旱が続けば、全員が干物になってしまうのではないかという恐怖を王弁は感じていた。死人が出たという話はまだ聞かないが、街の異様な静けさは彼を不安な気持ちにさせていた。

「そんなにそわそわするな。少しは薄妃を見習ったらどうだ」

僕僕は変わらない。

むしろ、一行の中で落ち着きをなくしているのは自分だけのようで、王弁は納得がいかなかった。劉欣は滞在を始めてすぐに出かけるようになったし、薄妃はどこかぼんやりしたままで、旱の様子を見ても何も言わなかった。ただ、彼女もここ数日、行き先を告げずにどこかへ出かけては遅くまで帰ってこない。

「薄妃さんも失恋してからずっとへこんでいるんですものね」

僕僕は王弁の嘆息《たんそく》を聞いてにやりと笑う。

「女はキミが思っているほどやわじゃないぞ」

死体を漁《あさ》る妖怪《ようかい》としてのおぞましい過去を捨てて、恋人である賈震《かしん》のもとに戻ろうとした薄妃は、彼が妻を娶《めと》っていることを知ってしまった。それ以来、本来の明るく凜《りん》とした姿は影をひそめ、王弁が話しかけても生返事すら返ってこない。

「もしかして、新しい恋人が？　劉欣ですかね」

王弁が下世話な話になって急に勢い込んだのを見て、僕僕は顔を覆《おお》った。

「薄妃はやわではないが、そこまで節操なしでもない。こんなところで陰干しになってないで、たまにはこの国を見て回れ。死んだように見える国が、本当に死んでいるのか確かめて来い」

と王弁の尻《しり》を蹴飛《けと》ばした。

峰西に来てからこの方、王弁はほとんど宿館から出ず、僕僕の酒の相手ばかりしている。

「先生、薄妃さんがどこに行ってるか知ってるんですか」

「そりゃ道連れの動向くらいはわかってるさ」

僕僕は、この街の中で一番活気が残っている家を訪ねてみるがいい、と教えた。

「いい退屈しのぎになるぞ。もっとも、キミにその価値がわかるかどうか」

「先生は行かないんですか」

「気が向いたら行くさ」

そう言うところりと横になり、肘枕《ひじまくら》で可愛《かわい》い寝息を立て始めた。

どうせ暇だし、と立ち上がった王弁は宿館を出る。

王弁たちが滞在する高床の建物は王宮から指呼《しこ》の間《かん》にあり、その王宮を取り囲むように街が広がっている。長安などのように、北に皇帝の住む太極宮《たいきょくきゅう》があるのではなく、街の中心に宮殿があった。

宮殿には城壁もなく、それぞれの扉がそのまま街の大路に続いている。大路といっても、端が見えないほどに長いというわけではなく、大きな声で呼ばれれば街の端の人に届きそうなくらい、こぢんまりとしている。街の東には、六合峰の不自然さすら感じさせる美しい角錐が、枯れ木の白に覆われて聳《そび》えていた。

どの家も王宮と同じように屋根の両端をぴんと跳ね上げ、床を地面から離して柱で支える独特のつくりをしている。もちろん大きさは様々だ。

人通りの少ない道を行くと、時折家の中から話し声が聞こえる。旱に疲れ、不安げに声を潜めているものがほとんどだ。しかし王弁は突然、若い娘がけたけたと笑い転げるような声を耳にした。

静まり返った街には不似合いな明るさであったが、王弁はどこかほっとして声のする方を目指す。街の東の端に近い一軒の家からは、小鳥がさえずるような賑《にぎ》やかな話し声が流れ出していた。

階段を昇り、窓から顔を入れてこっそり中を見ると、数人の若い女が、ことり、ぱたり、と機《はた》を織っていた。織機はそれぞれ規則正しく音を立て、数台が合わさって小気味良い旋律にすら聞こえる。

「あ」

一人の少女が窓から覗《のぞ》きこんでいる王弁に気付き、何がおかしいのかけらけらと笑った。王弁も久々に楽しげな顔を見られたので、思わず顔が緩んでしまう。

「あなた、漢人？」

中でも一番年長らしき少女が、機を織る作業の手を止めずに王弁に訊《き》いた。

「え、ええ。数日前からお邪魔してます」

何が面白いのか、少女達は再びどっと笑った。

「知ってる知ってる」

王弁は何だかわからず、あははと合わせる。

「そうそう、この娘《こ》がねぇ」

機織を止めた一人の娘が、隣の娘の袖《そで》を摘《つま》んで、

「この前来た漢人の男の人がすっごくかっこいいって、騒いでたのよ」

「へ？」

王弁は顔が熱くなる。

「あなた、独り身？　だったらこの娘と一緒になって峰西の人になっちゃいなさいよ」

言われた娘は小麦色の顔を真っ赤にして首を振る。

「い、いや俺には先生という人が……」

と王弁がへどもどしていると、ぷらりと目の前に何かがぶら下がった。

「は、薄妃さん。こんなとこにいたんですか」

「ええ」

まあね、と薄妃は微《かす》かに笑みを浮かべた。その表情は相変わらず硬い。それでも、微笑を浮かべるのを見たのは、久しぶりであった。

「お茶にしましょうか」

棟梁《とうりょう》らしき少女が、薄妃の肩をぽんと叩《たた》いた。そして、

「私は水杞《すいき》。よろしくね」

と王弁に挨拶《あいさつ》する。他の少女達はもじもじと恥ずかしがって名乗らなかった。だが、糯米《もちごめ》と砂《さ》糖黍《とうきび》で作った餅《もち》のようなお菓子を並べてくれる。王弁は礼を言って手を伸ばしながら、

「いつから来てたんです?」

と薄妃に訊いた。

「風に乗ってふわふわと飛んでいたら、ここの屋根にひっかかった」

ぽつりぽつりと紡《つむ》ぎだすように言葉を発する。

「宿館にいる時よりも元気になりましたね」

王弁はそれが身もだえするほどに嬉《うれ》しかった。

「そう、なのかしらね」

よくわからない、と薄妃は目を伏せる。沈黙を払うように、水杞が言葉を引き取る。

「それにしても、漢人の女の方って空も飛べるのね。私、びっくりしちゃった」

「いやいや、それは……」

特別な変わり者だけです、と王弁が反論しようとしたら、別の少女が、

「もう一人の漢人の女の子、雲に乗ってたもんね」

と続ける。そうそう、と娘たちが和して王弁の言葉は遮《さえぎ》られた。

「先生、ここじゃみんなの前で普通に雲に乗ってるんですね」

「ここの人たち、あまり驚かない」

薄妃の言葉を聞いても、水杞たちはにこにこと笑っている。

「薄妃さん、私たちの服がすごくきれいで好きだって言ってくれてね。私たちも空を飛んできた天女の言うことなら間違いないんだわって」

水杞の言葉に少女たちがわっと笑った。

少女たちは順に立ってはくるりと回り、彩糸《あやいと》で複雑な文様が縫いつけられた苗人独特の衣を子細に見せてくれた。

黒く染め上げた綿の下地に、五色の糸が花や鳥、そして六合峰を美しく彩《いろど》っている。

「だったら、一緒に作りましょうよって誘ったの」

薄妃は水杞の言葉に頷《うなず》いている。

それ以来、機織の娘たちと仲良くなった薄妃は、毎日のように工房を訪れているのだという。娘たちの衣に見入っている薄妃の姿に、王弁は胸を撫《な》で下ろしていた。すべてに気力を無くしているように見えた薄妃が立ち直りつつある。

立ち上がって辞去しようとした王弁を、薄妃が呼び止めた。そして耳元で、

「みんな、自分の水を少しずつ出し合ってくれた」

とささやいた。はっと気付いた王弁は丁寧に礼を述べる。

「いいのいいの。あなたが遊びに来てくれて、みんな楽しかった。またいつでも遊びに来て下さいな」

水杞が微笑《ほほえ》むと、他の娘たちもにこにこと笑った。確かにここは、この国で一番活気のある場所かも知れない、と王弁は久しぶりに良い気分で宿館へと帰っていった。

峰西と峰東の境の森で大きな虚《うろ》を探していた劉欣は、目の前にいきなり少年が現われたので驚いた。もっとも、驚いたことを顔に出すような劉欣ではない。

「峰西に来た漢人って、お前？」

少年の口調はぞんざいだった。劉欣は答えぬまま、懐《ふところ》に入れた手で吹き矢を握る。この態勢から、三本の吹き矢を放つまで瞬《まばた》きの間しかかからない。

「おおばばさまがお前を連れて来いって」

「おおばばさま？」

わずかに目を細め、劉欣は少年を値踏みした。武術などには何の心得もない、ただの子供のように見える。ただ奇怪なことに、生きている者なら誰もが持っているはずの気配が皆無だった。消しているという様子もない。そのあたりの草木のごとく、気配がないのである。

「きさま妖《あやかし》の類《たぐい》か」

無防備に背中を見せる少年に、劉欣が訊《たず》ねると、

「そんなもんかもね。ついて来い」

と肩をすくめた。

劉欣は少し躊躇《ためら》った後、少年の後に従う。白く乾いた山の麓《ふもと》に、檜《ひのき》の巨木が密集している場所があった。地下水が湧《わ》き出ていたのであろう小さな泉の跡があり、その周囲には六合峰周辺でもっとも木々が密に生えている。それだけに、木立が枯れた姿は凄惨《せいさん》であった。

「こっちだよ」

子供は劉欣も舌を巻くほどの速さで木立を駆け抜け、一際《ひときわ》太い木の根元を指差した。人がやすやすと潜《くぐ》り抜けられそうな虚が口を開けている。

「これは……」

劉欣は久しく嗅《か》いでいなかった香りを感じた。水の匂《にお》いが微かにするのである。

「どういうことだ」

「ついてくればわかるよ」

少年は面倒くさそうに答え、穴の中にひょいと飛び込む。暗闇《くらやみ》の中にすぐ目が慣れた劉欣も、ほぼ遅れずについていく。少年は振り向くと、そこで初めて笑って見せた。

暗闇の中を数十丈ほど下ると、仄《ほの》かな明かりが見えてきた。と共に、ごく微かながら瀬音も聞こえてくる。やがて、湿り気を帯びた岩の上に降り立った少年は、拳《こぶし》ほどの石を積み上げて作られた小屋へと劉欣を案内した。

「ただいま」

と中に声をかける。

「会えたようだね。入っていただきなさい」

少年が呼ばわると、低い、しわがれた声が聞こえてきた。

「入れって」

促《うなが》されて劉欣が入る。

蠟燭《ろうそく》一本だけの明かりに、粗末な部屋が照らされている。卓も何もない。ただ小さな竈《かまど》と水桶《みずおけ》が入り口近くにちょこんと置かれているだけだ。そんな部屋の奥に、誰かが座っていた。その人物もあまりに小さく、間から白く濁った眼が覗いていなければ、黒い布地を丸めて置いただけに見えたことであろう。

こいつが蚕嬢の言っていたおおばばさまとかいう老女か、と劉欣が眺めていると、

「よく来てくれた。蓬萊《ほうらい》の仙人に付き従う闇の者よ」

しわがれた声をかけてきた。

「俺のことを知っているのか」

「水の流れがわしに教えてくれるのじゃ」

「水の流れ？」

「この地には四方の龍脈《りょうみゃく》が集まる。あらゆる水が集まり、そして散じていく地じゃ。すべての記憶が集まり、流れて行く」

少年が入ってきて、劉欣の前に木の椀《わん》を置いた。暗い中でも澄み切っているのがわかるほどに、美しい水だ。口をつけ、劉欣はそのまろやかで清冽《せいれつ》な味に驚く。

「……で、俺に何の用だ」

「見てもらいたいものがある」

おおばばと呼ばれた老女は立ち上がると、少年は素早くその脇《わき》に立って手を取った。

「そいつはお前の使い魔か何かか」

「この子の気配が普通でないのがわかるか。流石《さすが》じゃのう」

「何者だ、この子供」

「いまお前が入ってきた虚があったろう。その虚がある巨木の精じゃよ。わしはこの木に縁があり、代々守ってきた一族の者よ。西に属さず、東に属さず、この子とこの子を育《はぐく》む龍脈を守るためだけに、一生にただ一度男と交わり、子を生《な》して血を継いできた。だが、なぜかわしの代に子は生まれなんだ。何か異変があろうかと思っていたところにこれじゃ」

おおばばはゆっくりと歩んで劉欣の傍らを通り過ぎ、小屋の外に出る。

「この流れを見よ」

後に続いた劉欣は、暗い洞窟《どうくつ》の中を流れる清流を見つめる。幅一尺ほどの速い流れが闇から出《い》でて、そして消えていく。

「大したものだな。水は流れるほどあったというわけだ」

老婆《ろうば》はふんと鼻で笑い、濁った眼で劉欣を見上げる。

「ほんの数ヶ月前まで、流れはこの十倍の幅と、十倍の深さを持っておった。だが六合峰の巫女《みこ》が姿を消して以来、このように細ってしまったのじゃ」

「このままでは涸《か》れる、というわけだな」

「龍が束ねる大地の潤《うるお》いが、この地から去ろうとしておる」

劉欣は蚕嬢のことを話した。山の神の怒りを解く方法を、この老婆なら知っているかもしれない、と期待したのである。だが老婆は、

「わからぬ」

ゆっくりと首を振った。

「しかし六合峰に封じられた神の話なら、わずかにこの老いた頭に残っておる」

水辺に腰を下ろし、おおばばはゆっくりと語り出した。

その伝説はこうだ。

苗の人々は古《いにしえ》の戦に負け、多くの集団に分かれて四方に散った。そのうちの一団が、六合峰の麓にたどり着いた。水豊かで気候優しく、長旅に疲れた彼らはここを住処《すみか》とすることに決めた。

六合峰には龍神と木神がいた。

二人は夫婦だった。彼らの加護で、峰麓の民は小さな国を建てた。

ある日、旱《ひでり》の神がやってきた。

暴虐《ぼうぎゃく》の限りを尽くす旱の神に、木神が戦いを挑んだが返り討ちにあった。そこで龍神が己の胆《きも》を捧《ささ》げて、その力を封じた。

峰麓の民は龍神の残してくれた胆の力を保つため、十二年ごとに清浄なる体を持つ巫女を頂に捧げ、旱の害を抑えているという。

「これがわしが憶《おぼ》えている物語じゃよ」

「曖昧《あいまい》すぎてわかりにくいな」

劉欣は腕組みをして首をかしげた。漠然とした昔話から何か手がかりを得ようと試みたが、無理であった。

「神話なぞそういうものじゃ。おぬしの役に立たないのだとしたら、所詮《しょせん》そこまでのものなのじゃろうて」

歯のない口をわずかに開けて、老婆は笑った。

「その伝説によると木の神は死んだんじゃないのか。この子は木の精なのだろう」

「この子がもともと六合峰にいた木神の血を受け継いでいるのかどうか、定かではない。あまりにも昔の話であれば、木々とても昔のままではあるまいて」

もう一つ、劉欣には気になることがあった。

「神が返り討ちにされるような強烈な力を持っている旱の神の近くで、お前たちが暮らし続けているのは何故《なぜ》だ。天下は広い。よそに移ることも出来たはずだ。もともと、ここの苗人も北から移って来たのだろう」

「それもわからぬ。時は流れて遠く去れば、人は欠片《かけら》しか憶えておくことが出来ぬ。しかし人のすることにも神のすることにも理由があるのだとすれば、この峰の麓に人々が住むべき理由があるのじゃろう」

「あんたがこんな闇の中に住んでいることも何か理由があるのか」

木精の少年は二人から少し離れたところに立ち、流れの中に足を浸していた。

「闇と光、そのどちらを楽とするか苦とするかは、人それぞれじゃ」

老婆は慈《いつく》しみを込めた表情で少年の背中を見詰めている。

「おぬしは今どちらにいる」

逆に問われて、劉欣は片眉《かたまゆ》を上げた。

「考えたことなどない」

「己の行く道を定めた時、お主は真の己を見出《みいだ》すじゃろうて」

虚の上から、枯れた木の倒れる乾いた音が響く。

「わしの人生に悔いはない。こんな虚の奥で時を過ごす木守の務めは退屈に見えるかもしれん。じゃが龍脈を通じて天下のあらゆる動静が流れてくる。それにあの子が峰麓の美しい四季の移ろいも教えてくれる。雨の潤いと、乾きの熱を伝えてくれる。一日たりともつまらぬと思ったことなどない。この生が永遠に続けばいいと願っておるわ」

ただ、と彼女は続ける。

「龍脈は涸れ、あの子を守る血を残せず、間もなく全《すべ》ての命が尽きるのが口惜《くや》しいのう」

と寂しげに呟《つぶや》いた。


劉欣が峰西に戻ると、待ちかねたように蚕嬢が王弁の袖の中からはい出し、近寄ってきた。

「おおばばさま、本当にいたのね」

「お前が教えたんだろう」

「あの辺りは神域で、双方の王から許可をもらった者じゃなきゃ近づけないの。あんた、すぐに虚が見つかった？」

「いや、子供が迎えに来たのですぐにたどり着いた」

「そうそう。お使いが迎えてくれないと、うちの父でも道に迷うらしいもの」

と白い首をすくめる。そして蚕嬢は、老婆の昔話に食らいつくように聞き入った。

「そのお話もあたしが乳母から聞かされていたのとはちょっと違うわね」

「どう違う」

「おおばばさまのお話では、龍神と木神は旱の神さまに勝てなかったのよね」

しかし乳母の話では、二人の神さまは旱の神に勝ち、封じることに成功した。龍の神は峰東の、木の神は峰西の守り神となり、だから十二年ごとに交互に巫女を差し出すのだという。

「どっちが本当なのかしら」

蚕嬢は首を捻《ひね》るが、

「どちらが正しいか、というのはあまり問題ではない。神話だからな。確かめることも出来まい」

「先生に訊《き》いてみたら」

「いや、あの仙人に訊くくらいならお前の親父《おやじ》に訊いた方が早いだろう」

国の王ともなれば、古い言い伝えにも詳しいはずだ。だが、これには蚕嬢が難色を示した。

「いいって、そんなことしなくても」

「……びびりやがって」

何ですって、と喚《わめ》きかけてすぐ止《や》める。

「べ、別にびびってるってことでもいいわよ。それより、おおばばさまの話が聞けただけでも十分。昔話の中に手がかりがあるに違いないんだわ」

蚕嬢はもぞもぞと這《は》い回って考えた挙句《あげく》、ぱっと首を上げた。

「わかった！」

劉欣に抱き上げてくれるようせがむと、

「胆よ、胆」

「ほう、すぐに取り出してやろう」

と劉欣は蚕の首根っこを摑《つか》んで懐《ふところ》から小刀を取り出す。

「あたしのじゃないって！」

ぶんぶんと首を振った蚕は、荒い息をつく。

「おおばばさまのお話だと、負けた龍神が自らの胆を捧げて、旱の神さまを封じたんでしょ。峰東は龍神さまが守り神。つまり、龍神側で一番神さまの怒りを買ってる奴《やっ》の生き胆を捧げればいいのよ」

うんうん、自分の案に納得する。

「茶風森《ちゃふうしん》を見つけ出して、その胆を使うのはどう？」

「……それは本気で言っているのか」

問い直された蚕嬢は、口吻《こうふん》を開いてしばし言葉を失った。

「それは……」

劉欣には導神の男の腹を割くことくらい造作《ぞうさ》もないことではある。しかし後先考えないで動いているのは蚕になっている有様から明らかで、ふと心底を確かめておきたくなったのである。

「導神はお前が唯一《ゆいいつ》体を許した男なんだろう」

「そ、そうだけど」

しばらく俯《うつむ》いた蚕嬢であったが、

「今は峰麓全体の運命がかかっているのよ。それにあたしがあいつに体を許したのは、別に好きだったからじゃないし」

と口を尖《とが》らせた。

「お前は好きじゃなかったかもしれないが、相手はどうだったろうな」

蚕嬢はもはや顔を上げることすらできない。

「ま、いいさ。次はその導神の男がどうなったのか、調べてくればいいのだな」

劉欣は再び宿館を出て行く。

蚕嬢は天を仰いだり地を転がったりしていたが、やがてぐったりとうなだれた。

王弁は乾きに覆《おお》われていく街を見て、どうにもたまらなくなった。木々が枯れたせいで土が舞い上がり、その土が街を覆いつくしていくのだ。

峰西苗の人たちは死んでいるわけではなく、機織《はたおり》の娘たちのように何とか変わらぬ明るさを保ち続けている者もいれば、静まり返った家の中で日がな一日峰の神に祈りを捧げ続けている者もいる。

そして誰もが、王弁に親切だった。漢人であることも水がないことも関係なく、顔を出せば茶を出し、酒を出して歓待してくれる。そんな人たちの国が、このまま滅んでしまうなんて、納得できない。

だがこうやって僕僕に言うと決まって、

「キミのそういう感情は憐憫《れんびん》っていうんだ」

と馬鹿《ばか》にしたような顔をし、相手にされない。

憐憫の何が悪いんだ、と王弁は憤慨する。かわいそうなものをかわいそうだと思って、どうして馬鹿にされるのか、理解できなかった。

「先生、お願いします。先生だけでだめなら硑《ぱん》でも不空上人《ふくうしょうにん》でも誰でもいいですから来てもらって、このあたりの水を甦《よみがえ》らせてもらいましょうよ」

と頼み込む。

旅を続けるうちに、王弁は多くの神仙を見た。そのうちの多くが雲を踏み、風を呼ぶような力を持っている。彼らの力を結集すれば、旱の神がどれほど強力だろうと打ち負かすことが出来るような気がする。

「それこそばかばかしい。馬や鹿《しか》でももっとましな思案を出してくるぞ。水がないから水をぶっかけろなど、誰でも思いつく」

「誰でも思いつくことを頼んじゃいけないいんですか」

僕僕は涼しい顔で聞き流すと、王弁に顔を向けた。

「もう少しわかりやすく言ってやろう」

「何ですか」

鼻息荒く王弁は師を見返した。

「キミがいま抱いている感情は、芝居の舞台で悲劇が演じられていて、それがかわいそうだから一緒に見ている父親か誰かに何とかしてくれとねだっている子供と同じだ」

「どういうことですか」

「わからなければもう一度言ってやろうか?」

「……いいえ、いいです」

王弁は反論しようとして、飲み込んだ。どうせやり込められるのは目に見えている。

仙人は自分がその気にならなければ動かない。あれこれ屁理屈《へりくつ》を並べて力を出し惜しみされるのは、腹が立つ。

「未熟者め」

立ち上がった僕僕はぽん、と王弁の頭に手を置いた。

「観客が舞台にいちいち手を出しては、演目にならないだろう?」

「そうですけども……。だったらどうすればいいんです?」

王弁は僕僕の意図をつかみかねて首を捻る。

「ボクはちょっと出かけてくるから、その間他の連中には大人しくしているよう言っておいてくれ」

王弁は頷《うなず》いたものの、他の道連れはそれぞれに何か動き出している。峰西の人たちも連日王宮に集まっては、対策を協議している。飛虎《ひこ》兄弟も連日参内《さんだい》しているのが、宿館から見えた。

「ごちゃごちゃした劇ほど見苦しいものはない。主役と敵役と、そして美しい姫でもいれば上出来だな。この舞台、下手に手を出せば卵の一つもぶつけられることになるよ」

「先生、峰西に来てからほんと不謹慎ですよ」

「不謹慎なもんか。大切なことだぞ。見るべきときは見て、時が来れば演じるべき者が舞台に上がればよい」

「じゃあ先生は舞台に上がってくれるんですか」

「上がるべき時が来るならね」

　僕僕は彩雲を呼び出すと、

「ともかく、この旱《ひでり》はキミたち人間にどうこう出来る類《たぐい》のものではない。ああそうだ、ちょっと遠出するからキミの懐にある短剣を貸してくれないか」

　王弁は懐中から拠比《きょひ》の剣《けん》を取り出す。持ち主の力によって姿を変える異界の剣は、王弁の手の中では、かわいい短剣でしかない。だが僕僕が一たびその力を振るえば、まばゆい光を放って巨大な剣となり周囲を圧する力を見せるのだ。

　僕僕はその短剣を袖《そで》の中に仕舞うと、中空へと消える。

「先生が大人しくしてろって言うなら、俺は大人しくしてますけど……」

　だが峰麓の人々の危機感は頂点に近付きつつあったのである。


　僕僕が出かけて三日目の夜。

　薄妃は機織娘たちの家に泊まっているのか帰ってこない。劉欣もいつものごとく姿がない。さして気にもせず、広々と涼しい宿館で大の字になりながら、王弁は眠ろうとしていた。

風が乾いているため、夜はひんやりと涼しい。分厚い木の床は夜の冷気を吸い込んで、寝そべるには丁度よい。

うとうとしかけた王弁は、枕元《まくらもと》をぐるりと取り囲む気配に飛び起きた。数人の男たちが棍棒《こんぼう》を携え、見下ろしている。

「な、何？」

だが彼を取り囲む者たちは、お互いの顔を見合わせているばかりで動こうとしない。

「ここに来て何をためらうというのだ。国の命運がかかっているのだぞ！　さあ、縛り上げるぞ」

そのうちの一人が叱《しか》りつけるように命じる。

「この人は外から来た客人だぞ。客をこのように扱って、峰西苗の人間として恥ずかしくないのか。止《や》めろ！」

別の一人が言い返した。王弁はその声を良く知っていた。

「引飛虎さん。これは一体？」

だが引飛虎は仲間の男とにらみ合ったまま、応《こた》えない。

「すみません。この旱のせいでみな気が立っているようなんで……」

引飛虎の隣に立っている推飛虎《すいひこ》がきまり悪げに頭をかいた。

「気など立っておらぬ！　生贄《いけにえ》を捧《ささ》げることに賛成したのは引飛虎、きさまだって同じだろう！」

先ほどの男が引飛虎に食ってかかる。

「だからと言ってよそから来た人間を生贄にしようとは言っていない！」

二人は取っ組み合いを始め、残りの者が慌《あわ》てて止める。

「峰西が滅んでもいいのか！」

「王弁さんを生贄にすれば国が救われるという保証でもあるのか！」

王弁はきょとんとして、いつ終わるとも知れない喧嘩《けんか》を眺めているしかない。

そこに、一際《ひときわ》大きな松明《たいまつ》を持った一団が現れた。

「止めろ止めろ！　大王さまだぞ」

推飛虎が慌てて割って入る。さすがに引飛虎たちも乱闘を止め、一同さっと膝《ひざ》をついた。王弁もはだけた衣を慌てて直す。

「案の定もめておるな」

峰西苗の王は苦笑を浮かべ、王弁の前に腰を下ろした。すると早速引飛虎たちが口論を再開する。

「引飛虎のやつ、国の危難にもかかわらず小さな義にとらわれ、この期《ご》に及んで邪魔をしようと……」

「この紫駆鷲《しくしゅう》こそ人の道をわかっておらぬ愚か者です。六合峰の旱はこの方には関係ないこと。第一、この方々には大きな恩もある。生贄にして神が鎮《しず》まるとは……」

口々に互いの主張を繰り返す。

藍地銀《らんちぎん》は深い眼窩《がんか》の表情を消し、二人の言葉をじっと聞いていた。

「どちらの言うことも正しい。わしは古い伝説を聞いたことがある」

二人が話し疲れて口をつぐんだのを見て、藍地銀は言葉を発した。

「かつて、峰の頂では人を殺し、その生き血を注いで神を祭ったという。だがある代の王が頂の社に熱心な祈りを捧げ、己の胆《きも》と引き換えに、以降の生贄を免じてもらったのだという。それ以来、峰東と峰西は十二年ずつ交代で巫女《みこ》の少女と導神の少年を峰に捧げてはいるが、その命を絶たれた者はおらぬ」

藍地銀は、人が神の恩に感謝し、神も人に無理を押し付けない平和な時代を懐《なつ》かしがった。

「よもやわが娘が社の掟《おきて》を破り、神罰をこうむるとは思ってもいなんだ。峰にまします荒ぶる神の怒りを鎮めるには古式に立ちかえり、生贄を奉じるしかない」

「そ、それが俺なんですか」

ぶるぶると震えながら、王弁はあとずさりする。だがそこには屈強な苗の男たちが立ち並んで逃さない。男たちの前に引飛虎が立ちふさがり、怒りを露《あらわ》にする。

「そんなに生贄が必要なら、俺がなりますよ！」

「純潔の男子でなければならんのだ。王弁さん、君はまだ女を知らないだろ？」

王の問いに、

「余計なお世話ですよ。何でわかるんですか」

と王弁は顔を真っ赤にした。

「いかにもまだですという顔をしておる」

藍地銀の言葉に、王弁はがっくりと肩を落とした。

「純潔の男子なら峰西にいくらでもいるでしょうが」

引飛虎は王に嚙《か》みつく。

「だめだ。これはわしに下された神託である。昨夜、夢に峰の神が現われて、国を訪れし純潔の男子を我に捧げよ、とお言葉が下されたのだ」

これには引飛虎も言葉を失った。

「おい、やれ」

先ほどまで引飛虎と言い争っていた男が周囲に命じると、王弁はたちまち縛りあげられた。引飛虎は口惜《くや》しそうにくちびるを噛み締めながら黙っている。

「峰西だけではない。この峰を取り巻く命全《すべ》てのためなんじゃ。悪く思ってくれるなよ」

すらりと三日月形の剣を抜いた藍地銀の前に、引飛虎が平伏する。

「なにとぞ、ここで王弁さんを殺すのは思いとどまっていただけませんか。神託には確かに、国を訪れし純潔の男を捧げよとあったかもしれません。しかしその生死は定められておりましたでしょうか」

「……いや、なかったな」

峰西の王はしばらく考えて刃を下ろし、答えた。

「では生贄の生死も、峰の神に委《ゆだ》ねるべきではないでしょうか」

「ふうむ」

考え込んでいた藍地銀は、

「引飛虎の言葉にも一理ある。では逃げ出せないようきつく縛り上げ、峰の頂に奉じよ。そして引飛虎、お前は峰の旱が収まるまで謹慎を命じる。自由にしておけば、この者を助けに向かうであろう。これ以上峰の神を怒らせるわけにはいかんからな」

「は……」

俯《うつむ》く引飛虎の傍らで言葉も発せられないほどに縛られた王弁は、苗の男達によって六合峰の頂まで担《かつ》がれてくると、今は石組みがむき出しになっている土台の上に転がされた。男達は怯《おび》えた様子でもと来た道を駆け下りていく。

(く、苦しい……)

引飛虎の機転で何とか命は拾ったものの、縄目は体中に食い込んで血流を止める。これならいっそ一思いに殺された方がましだ、と思うほどに頭が痛む。やがてお花畑が周囲一面に広がって、王弁は笑いながら色とりどりの花が咲き乱れる中を踊りまわる。甘い香りの中に倒れこみ、眠ってしまった。

(ああ、俺は極楽に行くんだなあ)

などと考えていると、突然ぶちぶちと音が聞こえた。

はっと目を開けると、何かが体の上に覆《おお》いかぶさって、縄を引きちぎっている。

「だ、誰?」

体は小さく、四尺程度だ。がさがさの髪が顔を隠し、表情は見えない。が、王弁の声に反応して顔を少し上げた。髪の間から白くかさついた肌と、充血した三白眼《さんぱくがん》がのぞく。

「ぎゃー！」

その不気味さに思わず叫び声を上げると、王弁の上に乗っていた者も同じく叫び声を上げて飛び下がった。

枯れ木の後ろに隠れたそれは、そおっと王弁を覗《のぞ》き見た。がさがさの体に粗末な麻の衣を身につけ、腰は荒縄で縛ってある。歯はどれもが狼《おおかみ》の牙《きば》のように尖《とが》ってくちびるからはみ出、鼻は上を向き、目は左右極端に大きさが違っている。醜く長く伸びた爪が木の幹に食い込んでいる様は、人食いの妖怪《ようかい》にしか見えなかった。

「あ、あなたが峰の神さま？」

少し冷静に戻った王弁は、気を失うほどにきつかった縄が全て切られていることに気付いた。

「俺を食べるんですか？」

じりじりと後ずさりしながら王弁は震える声で訊《たず》ねる。

「……食わぬ」

ぎぎ、と軋《きし》るような声でそれは答える。

「何故《なぜ》おまえのような者がここに来た」

「来た、って無理やり担がれてきたんですけど」

「ではさっさと帰れ」

と背を向ける。

神さまがそう仰《おっしゃ》るなら、と山道を下りていこうとすると、

「待て」

とそれが呼び止めた。

「折角じゃ。話し相手くらいしていけ」

六合峰の神さまは、魃《ばつ》、と名乗った。

三

「お前、わしが見えるのか」

醜い少女が王弁に訊《たず》ね、王弁はおののきつつ頷《うなず》いた。

目の前に座って、魃《ばつ》はどこか所在無げに黙っている。やがて石組みの土台をぽんと蹴《け》ると、頂がしばし揺れて石造りの社の姿が現れた。

「これがわしの家だ」

そう言って、玄関前の階《きざはし》に腰をかける。

王弁は、髪の間から自分をちらちら見る峰の神とどう接していいのやら、戸惑いな

がらぼんやりと立っていた。

「ほれ」

魃は細紐《ほそひも》のついた小さな桶《おけ》を王弁に向かって突き出す。紐は短く、桶の径は手のひらほどしかない。

「人間は水を飲まないと生きていけないのだろう。社の中に井戸がある。そこにこれを放り込んで引き上げろ。その水を飲めば、一日水気がなくとも生きていける」

生贄《いけにえ》として捧《ささ》げられた相手である神さまに水を振舞ってもらうのも妙な話だと思いながら、その小さな桶を言われたとおり井戸の中に放り込む。

細紐はたかだか五尺にも満たないように見えたのに、暗く深い井戸の中にぐんぐん伸びて、やがてぽちゃりと小さな音が聞こえた。引き上げようとすると、やたらと重い。

息を切らせながらようやく手元に置いた桶には、両手ですくっただけの水しか入っていない。何故《なぜ》あんなに重かったのだろう、と首を捻《ひね》りながら水を飲み干そうとしたが、不思議なことにいくら飲んでもなくならない。

「ありがとうございます。ごちそうさまでした」

「充分か」

ほとんど減らぬままの桶の水に、魃がふうと息を吹きかける。するとたちまち水は乾いてなくなるが、しばらくするとまた、底から浸《し》み出すように湧《わ》いてくる。

「先生の酒壺《さかつぼ》みたいですね」

「先生？」

「ああ、俺が一緒に旅をしている僕僕先生という仙人です。先生も魃さんと同じように、すごい術を使うんですよ」

魃は僕僕の名前を聞いても表情を変えなかったが、

「わしのは術ではない」

と苦々しげに吐き捨てた。何が気に入らなかったのか、と王弁がおろおろしていると、

「久しぶりに客が来てくれたのに、わしはだめだな」

しゅんとしてしまう。

「久しぶりって、ずうっと昔から巫女《みこ》さんとか導神の人とかいたんじゃないんですか」

「巫女？　ああ、何をしに来ているのかよくわからん連中だったな。いるのはいいが、わしと話すことは出来なんだ。おっても話も出来んのならおる意味などないわ」

王弁の聞いた話では、生贄の代わりに、純潔の巫女が神を奉じて十二年間ここにいるしきたりであったはずだ。

「そんなこと、わしは頼んだ覚えもないわい」

魃は曲がったくちびるをさらに曲げた。

「生贄を捧げよという話は？」

「わしは人を食わぬし、水も飲まぬ」

どういうことだろう、と王弁は首を傾《かし》げる。

「じゃあ俺は食われないのですね」

「お前のようなまずそうな男ははじめて見た。どう間違っても食う気にならんわい」

そこで魃は初めて、くく、と笑みを浮かべた。

「食いはせぬが、お前を一瞬にして干物にすることは出来るぞ。わしこそがこの峰に住む旱《ひでり》の神よ。用向きを聞いてやろう」


旱の女神は話してみると、王弁が考えていたほどには恐ろしくなかった。

ただ、その水桶を体から離すな、とだけくどいほどに念を押す。

「わしと対面している間、肌がかさついてきたらすぐに水をかぶれ。でないとお前もこうなる」

と王弁の前に小魚の干物を見せる。

魃は久しぶりの客が嬉《うれ》しいのか、しきりと王弁の世話を焼きたがった。水は自分で汲《く》めと言われるものの、食べ物は魃が持ってきてくれるのだ。ただし、全《すべ》て乾き物である。米ですら乾《ほ》し飯《いい》だ。

「で、わしは北大荒《ほくだいこう》の地に宮殿を立て……」

ひとたび心を開くと、魃は饒舌《じょうぜつ》であった。

旱の女神は天下を遍《あまね》く旅していたらしく、王弁の行ったことのある場所はもちろん、犬封国《けんぽうこく》のような異界にも足を伸ばしたことがあるらしい。だが王弁の旅と決定的に違う点が一つあった。魃は常に一人で旅をしていたことである。

「誰か弟子を取ればよかったのに」

僕僕のように道連れを引っ張りこめば、旅はより楽しくなる。

「先生、楽しそうですよ」

「いらんわ」

目を剝《む》いて魃は怒った。

「道連れなど、邪魔なだけじゃ。お前みたいに人間の出来損ないみたいなのを弟子にしてみろ。疲れるだけじゃわい」

「そ、そうですか」

その割には、魃は王弁の話を聞きたがった。

どこで生まれて、何をしてきたのか、矢継ぎ早にせがむのである。それほど厚みのない人生を送ってきた王弁はすぐに話の種に詰まった。

「つまらん男じゃのう」

魃にしみじみ言われて、がっくりと凹《へこ》む。

「じゃあ魃さんのことを教えて下さいよ。どうしてまたこんなちっぽけな峰の旱の神さまになんかなったんです？」

「なりたくてなったのではないわ。生まれた時はこの天地の救世主、人々と神々の願いを受けてこの世に出《い》で来たった」

「救世主ですって？」

「そうじゃ。いまお前たちがこの天地にのうのうと暮らしていられるのは、実はわしのおかげなんじゃぞ」

この小汚い神さまが、と思うと王弁は信じられない。

「もうわし自身もよく憶《おぼ》えておらぬ大昔のことよ」

天地ではその支配を巡って、大きな戦が繰り返されていたという。

「相手はそれは悪いやつらでな。わしの父やその仲間は随分と苦労していた。何しろ相手の親玉は、次々と恐ろしい魔物を呼んでは、父の仲間達を殺していったらしい。誰もが戦いを諦《あきら》めたその時じゃ。天から降りた一条の光、それこそ――」

わしじゃ、と魃は言うのである。

「はあ、そうですか」

と王弁は半信半疑である。

「お前、もしかして疑っておるのか」

ぐわ、と髪の下から目を怒らせて王弁を睨《にら》む。

「いえ、滅相もない」

だが救世主、というにはあまりにも貧相で不気味な女神である。

「わしを疑うとはいい度胸だ」

魃は懐《ふところ》からからからに乾いた麦焦《むぎこ》がしを摑《つか》み出して腕を伸ばし、王弁の口の中に詰め込むと、涸《か》れない水桶を取り上げる。王弁はたちまち喉《のど》が詰まってむせ返った。

咳《せ》き込みながら許しを乞《こ》う王弁に水桶を返してやりながら、

「わしのおかげで父は勝ちを拾うことが出来、天地には平穏が戻ったというわけじゃ。めでたしめでたし」

と薄い胸を張った。

確かにめでたい話ではあるが、そんなえらい神さまがこんなところに一人でいるのが不思議だった。そんな疑問をぶつけてみると、

「それはじゃな……、わしは十分に働いたから引退したんじゃよ。後進に道を譲るのだ」

と口ごもる。

「だって魃さん、戦争の最後の最後に出てきたんじゃなかったんですか」

「働きの長さが偉いのではないわ。その功績の大きさが大事なんじゃ」

それほどの働きをして、しかも一方の王女なら、もう少しましな待遇を受けても良さそうなのに、と王弁が考え込んでいると、

「よくある話じゃ。働きすぎると疎《うと》まれる」

「俺、ちゃんと働いたことないんで……」

なにい？　と魃は目を見開いた。

「お前みたいな人間がよくこのせせこましい天地で生き残っておるな」

魃からは常に乾いた風が吹き付けてくる。王弁はかさつき始めた肌に気付いて、ざぶざぶと桶の水をかぶった。

「すまんすまん。久しぶりに驚いたら、箍《たが》を外しそうになったわ」

「箍、ですか？」

骨ばった拳《こぶし》を突き出し、魃は誇らしげとも寂しげともとれる表情を浮かべた。

「わしはそれはそれは強い神であったよ。だが戦いが終われば、もはや用済みとなったわしの力はかえって邪魔になる。だから北の荒地に宮殿を作り、北風だけを侍《はべ》らせてそこにじっとしていてやった。だが人は増え続け、やがてそんな荒地にもやってくるようになった。そんな時じゃ」

魃は父の命で、この峰の頂に封じられることになったのだという。

「お前が飲んでいる水。それはこの天地に流れる全ての龍脈《りょうみゃく》の力が集まった特別な水じゃ。乾きの神であるわしをここに封じる力の一つとなっている」

王弁は改めて、水桶の中を見る。陽光を浴びてきらきらと光る水面は、魃の乾きに負けていない。

「だがそれだけでは不足。だからわしをほれ、この通り」

手首を魃は指差した。王弁がよく見てみると、そこには細い糸のようなものが巻きついている。

「人々は父の力を使って結界を作り、この縛《いまし》めと共にわしを封じた。この結界のせいで、わしは動くことが出来ぬようになった。あの巫女が逃げ出す前は、姿を現すこともかなわなかったのだからな」

「じゃあ巫女の役割は、魃さんに捧げられたものではなくて……」

「わしを封じる力を補うためのものじゃよ。今や結界も破壊され、縛めもこの通り細く糸のようになっておるが、以前は鎖のようにわしを縛っておった」

王弁は急に腹が立ってきた。

「魃さん、みんなのために働いて戦ったのにこんな仕打ちを受けて、口惜《くや》しくないんですか？」

魃はきょとんとしていたが、

「口惜しいも何も、わしは父の意を受けてこの世に生まれ、用がなくなったから封じられただけじゃ。別に何とも思わぬよ。それに封じられるのも強い神である証《あかし》じゃ。わしを封じられる神などおらんのじゃ。あのクソ忌々《いまいま》しい親父《おやじ》以外はな」

魃は寂しそうに枯れ枝を拾って、口にくわえた。

「どこを旅しても、みなわしの姿を見れば隠れおる。わしが姿を現せば、そこは一面

をすぐ近くで見ることが出来る。

の荒れ野になる。しかしここなら」

龍脈の水と力を抑える縛めがあるおかげで、人々に逃げられることなく、その営みをすぐ近くで見ることが出来る。

「人間とはちっぽけだの」

魃は目を細めた。

「そいつらがちまちまと集まり、村を作り、国を作り、作物を育て、豚を飼い、つがいを作って、睦《むつ》み、いさかいを繰り返す。そして増えては争い数を減らし、また増えていく」

いくら見ていても飽きない、と彼女は言う。

「慈雨を喜び、長雨を恨み、太陽を尊び、旱を憎む。己の手の届かないことに喜んだり悲しんだり。毎年人騒ぎしておるのを見ているのは実に楽しい」

そして、

「わしもあの仲間に入りたい、と何度も思ったよ」

とため息をついた。

「だったら、この峰の麓《ふもと》のみんなに、魃さんがそんな恐ろしい神さまではないことを教えてあげましょうよ。生贄《いけにえ》なんか何もいらないんだって。巫女さんがいれば、それほどあたりを干上がらせなくてすむんでしょ？」

魃はちょっと嬉しそうな表情を浮かべたが、すぐに俯《うつむ》いて首を振った。

「そんな簡単なことではない。封印があるからこそ、わしは乾きの被害をまき散らさずに済んでおるし、自由に動けばそれだけここの民に迷惑をかけるであろうよ。現に今でも、わしは懸命に己の力を抑えている。もしこの力が解き放たれたら、周囲千里はそれこそ砂と化す」

「今から新しい巫女さんと導神を連れて来てもですか？」

「結界は壊れてしもうたからな。人だけ連れて来ても無駄じゃろ」

魃は拝殿の土台に腰かけ、ぶらぶらと足を振った。

「別の場所は……だめなんですよね」

「どこかへ逃れれば、そこの神なり仙人が魃の脱走を天に告げるであろう。わしは一層暗く湿ったところに封じられるに違いない。だったらせめてこの地で封じられていたい」

魃は涙を流せないらしい。だがその顔はぐずる子供のように歪《ゆが》んでいた。

「ちょっと先生に言ってきます」

「ただの仙人にわしをどうこうすることなど出来んよ。それよりも、わしの乾きが天に届いて再び封じられるまで、話相手をしてくれ」

魃は俯いたまま、懇願する。

仕方なく王弁は腰を下ろして、魃の話を聞く。しかし魃の昔話はやがて行き詰った。長らく話をしていない魃の言葉は乏しく、同じ話を何度も繰り返す。そして二人の間に沈黙が流れた。

「すまん。つまらんな、わしは。やはり人とはうまくやっていけぬ」

「そんなことありませんよ。俺、魃さんとはいい友達になれそうな気がします」

自信を失ったように魃はさらに深く俯いてしまう。

「でもお前は、いつまでも他人行儀に〝魃さん〟などと呼ぶではないか」

「じゃあどう呼べばいいんです？」

「それは、友と思うなら友にふさわしい呼び方をすればよい」

王弁は考えた挙句、ただ魃、と名を呼んだ。

魃は怒ったのかと思えるほどに目を見開き、ぷいとそっぽを向いてしまう。

「な、中々照れ臭いものじゃな」

そう言われて何だか王弁も恥ずかしくなり、言葉を見失ってしまった。

そうしてさらなる沈黙の後、小さな寝息に気づいて王弁が顔を挙げると、久々に話して疲れたのか、魃は眠りに落ちていた。

王弁は寝顔を見ながら、

(神さまや仙人のいるところなら、きっと魃と仲良くしてくれる相手も、気兼ねせずいることの出来る場所もあるはずだ)

そう考えた。

「……もう帰るのか」

立ち去りかけた王弁の気配に気づいたのか、魃が目を覚ました。

「俺ちょっと探して来ようと思うんです」

その口調に魃は不平を漏らした。王弁は頭をかき、敢《あ》えて砕けた口調で魃に話しかける。

「誰か古い神さまなら、魃が気楽に暮らせる場所を知っている人がいるかもしれない」

「無駄じゃ」

魃はいやいやするように頭を振った。

「わしを容《い》れることの出来る神も場所もあるものか。わしはここで良い。どれほど不自由だろうが、ここでひっそり暮らせればいいのだ」

「でもこのままでは峰麓《ほうろく》の人々は干物になってしまうんだよ」

「それも、いやじゃ……」

魃は途方に暮れている。

「俺、約束するよ。必ず帰って来る、魃がいられる場所を見つけて来るって。だから魃もそれまで、頑張って力を抑えていて」

旱《ひでり》の神は驚いたように目を見開いていたが、やがて小さな声で、

「わかった、約束する」

とつぶやいた。


王弁は人目を気にしながら山を下りる。

山道から峰西の都、豊水に入ったところで、動けなくなった。あれほど人影がなく、寂しげに見えた街でも、人目を避けるとなるとまた話は別だ。

(弱ったな。吉良《きら》を呼ぼうにも、こんなところで哨吶《ラッパ》を鳴らしたらえらいことになりそうだし)

そんな折、目の前に一人の少女が歩いてきた。薄妃《はくひ》が連日訪ねている機織《はたおり》娘の一人

で、一番年長の水杞《すいき》だ。これはまずい、と身を潜めていると、彼女はまっすぐ王弁の方に歩いてきて、腰を下ろした。

「隠れてるつもりなの？」

「一応」

「丸見えよ。それにしても驚いた。山の生贄に捧《ささ》げられてお気の毒に、と思ってたら逃げて来たのね」

王弁は逃げようと腰を浮かしかけたが、水杞は、大丈夫、と微笑《ほほえ》んで彼を安心させた。

「よそから来た人を生贄にしようだなんて最悪、って思ってたの。何があるかわからないから、薄妃さんもうちでかくまってるわ。もう一人の、あのがりがりした人は姿を見ないけど、多分無事でしょ。しぶとそうだものね」

王弁はほっと胸を撫《な》で下ろして、礼を言い、吉良を連れてきてもらえないかと頼む。

「吉良？ ああ、あのあなた達が連れてきた瘦《や》せ馬ね。でもあんなのに乗って逃げられないわよ」

「いいんだ。お願い。あと、俺に会ったことは、仲間にも言わないでおいてほしい」

「薄妃さんには？」

王弁はしばらく考えて、言わないでおいてくれ、と頼んだ。水杞は何気ない風を装《よそお》って王弁のいた茂みから身を離し、間もなく宿館から吉良を連れてきてくれた。

王弁は町外れまで吉良をゆっくりと曳《ひ》いていく。水杞も心配そうな顔でついてきた。

「こんなぼろ馬でどこまで行くの？」

「ちょっと長安まで」

「ちょ、長安？」

水杞は目を丸くした。

「漢人の都って何千里も彼方《かなた》にあるんでしょ。こんなぼろ馬で何日かかるか。いや、その前に死んじゃうわ。悪いこと言わないから、新しい馬を……」

重たそうな瞼《まぶた》をしばたたかせ、吉良は体を一度ふるわせる。

手を置いていた馬の背中が急に盛り上がったのに気付いて、水杞は声を上げた。やがて堂々とした巨馬に姿を変えた吉良を目の当《ま》たりにして、彼女は尻《しり》もちをつく。

「あれ、吉良がこんな人前で真形《しんぎょう》になるなんて珍しい」

王弁が言うと、

「この娘には私の姿を見せても問題ない」

そう応《こた》えて水杞を見下ろした。

「すごい……。こんな立派なお馬、はじめて見たよ。このあたりの馬は体の小さなのが多いから。ねえ、王弁さん、一度跨《また》がってみていい？」

王弁は吉良に視線をやる。この天馬は自らが認めた者でないと背中を許さない。だが吉良は水杞の前であっさりと膝《ひざ》を折り、座った。

「うわあ、吉良くん、ありがとう」

褐色の顔をきらきらと輝かせて水杞は喜ぶ。吉良はあたりを歩き、そして再び腰を下ろした。

「うん、これは他の子に教えるのはもったいないわ」

いたずらっぽい笑みを浮かべて、手綱を王弁に渡す。そして水汲《く》みに行ってくるわ、と足取り軽く去って行った。

「さ、俺たちも行こう」

王弁は真形を現した吉良の背中に跨る。吉良が水杞の背中を見送っているのに気付き、

「あの子がどうかしたの？　そういえば吉良があんなにあっさり背中を許すなんて」

と訊《たず》ねた。

「知り合い？」

「いや、会ったこともない娘だ。だが、この里の者たちには不思議と気を許してしまう」

首を捻《ひね》ると、ぽん、と地を蹴《け》った。

雲ひとつない大空が六合峰《ろくごうほう》を中心に広がっている。白く枯れている地域は綺麗《きれい》な円形をしていて、周囲の緑と明らかに色が違う。

「数日前より枯れた地域が大きくなっている……」

吉良がつぶやく。

「様子を見てたの」

「あまりにも異様な乾きだからな。夜陰にまぎれて上空から眺めていた。そういえば、主《あるじ》どのはこの峰の神に会ったのだろう?」

「うん、魃っていう女の子だった」

「魃だと」

吉良はしばし息を呑《の》んだ。

「……こんなところにいたのか」

「知ってるの」

「もちろんだ」

かつて古《いにしえ》の王、黄帝と炎帝が天地の覇権を争った際、強烈な乾きによって一方に勝利をもたらした、と吉良は説明した。ここまでは王弁が魃自身から聞いていた話と大差はない。

「女神はあまりに大きな己の功績に驕《おご》り、天地の間を自在に闊歩《かっぽ》したのだという」

ここまでは王弁も黙って聞いていた。

「しかし魃は、行く先々で人々の間に災厄《さいやく》を撒《ま》き散らし、多くの命を傷つけ殺し、神々すらその猛威を止めることは出来なかった。困り果てた黄帝は魃を天地の片隅に封印したということだ」

ひどい神さまだ。だが王弁には、吉良の話の中に出てくる魃と、六合峰の頂で会った、醜いがどこか憎めないところのある女神の姿がどうしても重ならない。

「吉良は魃が暴れていた頃を知ってるの?」

「いや、あまりにも昔のことだ。私も伝説で知るに過ぎない」

王弁が不服げであることを感じ取った吉良が首を巡らす。

「峰の頂で主どのが出会った魃がどのような様子であったかは知らないが、入れ込んではならぬ」

「どうして」

「魃は天地でもっとも激しい災いだ。水を奪うことで花も木も、鳥も獣も、そして人も全《すべ》てを滅ぼす最悪最凶の女神。このまま放置しておけば、被害は大陸の南端だけでは済まない」

吉良は続ける。

「主どのも見ているだろう。峰西が白く枯れ果ててしまうのも時間の問題だ。魃が私の知る凶悪な女神であれば、封印から解き放たれたことでその力を爆発させる可能性がある。もしそうなれば、この緑豊かな天地はどうなる。我らは一刻も早く旱の女神に眠ってもらう必要があるのだ」

その言葉はきっぱりとしていて、王弁は反論できない。

「じゃあどうすればいいんだよ。このまま黙って見てろって言うの」

「魃に関わるのはあまりに危険だ。ただの人間に許されることではない」

語気厳しく吉良はたしなめる。むっつりと黙っていた王弁であったが、はたと膝を打ち、

「だったらただの人間じゃない人に手伝ってもらえばいいじゃないか」

と提案した。

「ただの人間ではない者?」

「先生は今いないけど、不空さんとか南嶽《なんがく》の魏《ぎ》夫《ふ》人《じん》さんとか」

「あとは司馬どのか……」

筋骨隆々の道士、司馬承禎《しばしょうてい》の名前を吉良は出した。

「みな力のある方々だが、魃に勝るとは思えない」

「それでも俺が何かするより役に立つよ」

その言葉がだめ押しになったのか、吉良も渋々頷《うなず》いた。

「確かに主どのだけよりはましだ。ともかく都に行こう」

吉良は王弁を背に乗せ、長安へと向かって一直線に飛んだ。


劉欣《りゅうきん》はもぬけの殻になった峰の頂に立ち、ふう、と一つ息をついた。

前に来た時と変わらず、住む者のいなくなった小屋と、拝殿の土台が乾いた風の中にたたずんでいるのみだ。蚕嬢《さんじょう》は劉欣の懐《ふところ》を住処《すみか》とする大百足の頭の上に陣取り、峰の頂の様子を調べさせていた。

「王弁のやつ、逃げたのかしら」

「吉良の姿もない」

「あのはげ馬？」

「お前、憶《おぼ》えてないのか。広州であの騒ぎから脱出できたのは、吉良が真形を現して宙を飛んでくれたおかげだ」

「……気絶してたから憶えてない」

王弁はここで何かを見た。だから吉良を呼んでどこかへと向かった。そこまでは劉欣にもすぐにわかったが、王弁が何を見つけたのか、手掛かりはまるでなかった。

「あたしたちに相談の一つもしてくれればよかったのにね」

「俺たちではどうにもならないことか、それとも急がなければならない理由があったか」

劉欣がどれほど目を凝らして見ても、何か異状を示唆《しさ》するようなものは見当たらない。

(俺には仙骨があるのに、あいつに見えるものが見えないというのか)

奇妙な口惜《くや》しさが湧《わ》き上がってくる。蚕嬢がそんな劉欣の顔をじっと見上げていた。

「おい虫娘、それより導神の話はいいのか」

「え？　ああ、そうそう、何かわかったの？」

劉欣は峰西と峰東の境に近い大木の虚《うろ》に住む老婆《ろうば》から六合峰に伝わる神話を聞き出

し、蚕嬢の意向から、導神であった青年の行方を捜していた。彼もまた蚕嬢と同じように呪《のろ》いを受けているはずだ。その青年の胆《きも》を使えば、峰の神の怒りを鎮《しず》めることが出来るかもしれないと蚕嬢は言う。

「導神をやっていた男は、峰東王の息子だと言っていたな」

「ええ。いいとこの坊ちゃんなのに、わざわざ退屈な仕事に志願してくるおめでたいやつよ」

劉欣はこの数日峰麓を走り回って知りえたことを告げる。

「峰東の王、朱火鉄《しゅかてつ》の息子、茶風森《ちゃふうしん》は峰の頂から姿を消した。父王は失意のあまり倒れて床に伏し、茶風森は一族の名を穢《けが》したとして、民たちの怒りを買った。それから今に至るまで、彼の姿を見た者はいない」

なあんだ、と蚕嬢はがっかりしてため息をつく。

「ただし、それは向こうの王が出している公式な見解だ。気になる噂《うわさ》を一つ拾った。王宮には、いつしか一羽のふくろうが住み着くようになった。朱火鉄はたいそうそのふくろうを可愛《かわい》がり、病もいくらか癒《い》えたという」

「ふうん……。それが茶風森だってわけ？」

「王はそのふくろうを門外不出にし、直々に世話をしているのは王自身とその妻で、他の者には近づかせないという。屋敷の使用人たちの間では、そのふくろうは〝坊ちゃん〟とあだ名されているそうだ」

蚕孃はううん、と唸《うな》り、

「いま一つ決め手に欠けるわね」

と呟《つぶや》いた。

「そのふくろうが本人かどうか、直接確かめるのがいいだろうな」

「あたしもそう思う。ねえ、今夜一緒に峰東の王の家に行ってくれない？」

「どうするかな」

劉欣は尖《とが》った顎《あご》に手をやり、考える素振りをした。

「ちょ、ちょっとここまで来てほっぽり出すつもり？」

「俺には関係のない話だからな」

冷淡な表情を浮かべて劉欣は蚕を摘《つま》み上げた。

「非力な者は非力なりに、運命に身を任せばいいだろう。滅ぶのはそいつの責任だ。今俺が少しでもこの指に力を加えれば、お前は死ぬ。この国だって、何だかわからない旱《ひでり》の神の手の中に握られているんだ。じたばた騒がず諦《あきら》めるというのが正解なのではないか」

蚕嬢は息を呑んで酷薄《こくはく》な殺し屋の言葉を聞いていたが、

「あたしは何をしても、皆を助ける。どれだけ罵《のの》しられようと、人の道を外れようと構わない。もう一度外れたんだから、何だってしてやるわよ。力を尽くした結末があんたに握り潰《つぶ》されることなら、それも仕方ないわ。でも命が消える瞬間まで諦めないんだから」

恐れの色を懸命に抑え、蚕は劉欣を睨《にら》みつける。ふと表情を緩めた劉欣は、

「いい覚悟だ」

と蚕嬢を懐に放り込むと、足音も立てず山を駆け下りた。

夜に入るまで峰東との境に潜んでいた劉欣と蚕嬢は、あたりが闇《やみ》に包まれると同時に峰東に入った。街の作りは西も東もほとんど変わらない。峰西と同じように跳ね上がった屋根の両端が特徴的な王宮の庭に、劉欣は忍び込む。

すっかり枯れてしまった木立の周囲には、目立たないように警護の兵が立っている。彼らは宮殿を守っているのではなく、その木立を守っていた。だがそのような警戒網は、劉欣にとっては何の障害にもならない。

劉欣は木立の一番奥、宮殿からも視線が届かない一本の木の下に立つ。もちろん、その下にいた兵にも素早く当て身を食らわせ、眠らせてある。

一際《ひときわ》太い枝の上に、一羽の大きなふくろうが静かに止まっていた。

「おい」

小さな声で劉欣は呼びかけた。

ふくろうは丸い目を光らせて、劉欣を見下ろした。瞬《まばた》きをしない大きな瞳《ひとみ》は金色に光る虹彩《こうさい》に縁取られて、夜気の中に浮かんでいる。

「そろそろ親父《おやじ》にかくまわれているのも終わりにするんだ。お前も峰の周囲を襲っている旱の原因が何なのか、わからないわけではあるまい」

ふくろうは不審そうに首を傾《かし》げるばかりで応《こた》えない。

「この苦境を何とかしたいとは思わないか」

何の表情も浮かべないふくろうを見て、劉欣は若干ばかばかしくなった。もし目の前にいるのが茶風森でないならば、ただの鳥に話しかけている彼は愚かしいことこの上ない。

劉欣は懐の中に話しかけ、自分で確かめろと指示した。

「ちょっと茶風森くん。いつまでもとぼけてないでよ」

劉欣の頭に登った蚕嬢は、体を反らしてふくろうを睨みつけた。ふくろうはあくまでもふくろうのままであり続けようとしたが、蚕嬢の声と姿に驚いたのか、ついに、

「あっ……」

と人の声を漏らした。

「ほらやっぱり。劉欣、捕まえて！」

劉欣は細引きのついた飛鏢《ひひょう》を投げる。両足を絡《から》めとられたふくろうはばさりと地面に落ち、大きな目をしばたたかせた。

「さあ捕まえた。これで峰麓の旱は解消されるわ」

茶風森は羽根をばたつかせて立ち上がると、

「逃げませんから、縛るのは片足だけにしていただけませんか」

と静かな声で劉欣に頼んだ。

「この人、逃げ出すような勇気なんてないわよ。呪いがかかってこんな姿になっても、のうのうと実家に戻って養ってもらってるんですもの」

蚕嬢が口を挟んでくる。

「お前みたいに行き先も告げないで逃げる方がよっぽど悪質だ」

なんですって、と金切り声を上げかける蚕嬢の口を、ふくろうの羽根が優しく覆《おお》っ

た。

「碧水晶《へきすいしょう》さんは悪くない。ぼくが自分の弱い心を抑え切れなかったのが悪いのです」

ほう、と劉欣は片眉《かたまゆ》を上げてふくろうと蚕嬢を見る。蚕嬢は一瞬戸惑ったように動きを止めたが、

「わかっていればいいのよ、わかっていれば」

とそっぽを向いた。ふくろうは優しい眼差《まなざ》しで蚕嬢を見てから、

「漢人の方。あなたのことはおおばばさまのところにいる木精の少年に教えてもらいました」

と丸い瞳をひたと劉欣に向けた。

「あいつらを知っているのか」

「ええ、私も王族のはしくれ。彼らのことは知っています」

「で、お前はこの旱から国を救う手立てを訊《き》いたのか？」

「いいえ、おおばばさまもあまりに古いことゆえ、詳しくはご存じないと。いまの世を生きる者どもで探し当てるほかあるまいと仰《おっしゃ》っていたそうです。闇に生きる漢人がその答えをもたらすだろう、とも」

劉欣は小さく頷くと、すぐさま蚕嬢の考えを伝えようとした。だが蚕嬢がその裾《すそ》を

引っ張る。そして劉欣を少し離れたところに連れて行くと早口でまくし立てる。

「ばかじゃないの。生き胆を抜いて捧《ささ》げるなんて言ったら、いくらお人よしのあの男でも逃げようとするわよ。うまいこと言ってだまくらかして、峰の頂に連れて行くの」

「ひどい女だな」

劉欣の率直な感想に、蚕嬢はがくりとうなだれる。だがきっと顔を上げて、

「みんなのためには仕方ないのよ。手伝って」

とまっすぐに劉欣の瞳を見据える。

「あの男は詐術《さじゅつ》を使わなくともついてくる」

「どうしてそう言えるの。漢人の殺し屋って、そんなに人がいいものなのかしら」

「あのふくろうが生きようが死のうが、俺にとってはどうでもいいことだ。ここでばらそうが、峰の頂で胆を抜こうが」

蚕嬢は、あたしに任せて、と劉欣にささやくと、ふくろうを言葉巧みに誘った。

「もう一度二人で神さまに祈りを捧げ、呪いは解かれなくても国を救いましょう」

ふくろう姿の茶風森は、うれしそうに頷いた。

天をつくような城壁に囲まれ、月光に輝く甍《いらか》に彩《いろど》られた大唐帝国の都、長安。

都の奥深く、高級官僚たちが暮らす含元殿《がんげんでん》近くの一角に、司馬承禎は住んでいる。

大臣と等しく豪奢《ごうしゃ》な屋敷には結界が張られており、主《あるじ》の気に入らない訪問者はいつまでも門を探してぐるぐると壁を回る破目になる。

だが吉良は上空から結界を蹴破《けやぶ》って庭に降り立ち、静かに書を読んでいた司馬承禎を仰天させた。

「ああ、びっくりした」

司馬承禎は吹き飛んだ書見台を直すと、笑顔で王弁たちを迎えた。

「そろそろ来る頃なんじゃないかと楽しみにしていたんですが、まさかこう力ずくで来て下さるとは。相変わらずあなたたちは実に面白いですな」

と太い腕を組んで快活に笑う。

「王弁くん、あの胡蝶の殺し屋くんはお元気ですか」

ご無沙汰《ぶさた》してます、と頭を下げた王弁は司馬承禎が劉欣のことを知っていて驚いた。

「そりゃそうです。私が僕僕先生の行方を教えたのですからね」

今度は王弁が仰天する番だった。

「何てことしてくれたんですか。おかげで大騒動の連続だったんですよ」

「それは羨《うらや》ましい」

司馬承禎がさらに哄笑《こうしょう》したものだから、王弁は辟易《へきえき》した。

「なじんでますか」

「俺にはほとんど口をきいてくれませんけどね。何故《なぜ》かわかりませんが、ついては来てます」

司馬承禎はうんうんと満足げに頷《うなず》いた後、用向きを訊《たず》ねた。王弁は急いで用件を話す。

「ほう、思琅《しろう》州の六合峰に行くとは流石《さすが》にお目が高い。望んで災難の方に近づいて行くのですなあ」

司馬承禎は峰がどのような場所で、誰が封じられているかさえ知っているような口ぶりであった。

「それはよく知っていますよ。天地に日月があるように、気には乾湿があります。その乾きを統《す》べる女神、魃が古《いにしえ》の聖王、黄帝に封じられたことは、仙道を長く修行している者であれば一度は耳にしたことがあるでしょう」

王弁は手がかりが見つかりそうだ、と胸を撫《な》で下ろす。彼は続いて、魃の封印が解けたせいで六合峰の周囲に旱が広がり、峰が源となっているあらゆる水源が涸《か》れつつあることを告げた。

「おやおや……」

司馬承禎のくちびるの端が、楽しげにすいと上がった。

「もしかして、王弁くんが魃を封じようと言うのですか。それはたいそう面白いことになりそうですが」

「面白くなんかありませんし、あの女神さまを封じるなんて俺には絶対に無理ですよ」

「無理なことに頭を突っ込むと大怪我《おおけが》をしますよ」

にこにこと爽《さわ》やかな笑顔を浮かべて司馬承禎は脅かす。

「だから司馬承禎さんの力をお借りできないか、と……」

王弁は頭を下げて頼むが、司馬承禎は笑顔のまま手を振って拒んだ。

「私より先に頼るべき人がいるでしょう。先生はどうなさったのです」

「何とかして下さい、って頼んだら先生はどこかに行っちゃって」

「そりゃ僕僕先生は気が向いたことにしか力を使いませんからね。弟子に頼まれたからと言って甘やかさないのが実に素晴らしい。私も師としてかくありたいものです」

力を貸さないのがさも当然、という顔をしているこの道士には腹が立ったが、王弁もそんなことを気にしている場合ではない。

「司馬さんなら魃を何とか出来ますか？」

「出来ません」

司馬承禎は即答した。

「あちらは天地の全《すべ》てを干上がらせるだけの力を持つ、最悪最凶の女神ですよ。修行半ばの道士ごときで対抗できるような相手ではありません」

王弁は暗然となったが、

「勝たなくていいんです。魃が寂しい思いをしないで、しかも周りの人に迷惑をかけないでいられるような場所がないか心当たりありませんか」

と、さらに頼み込んだ。

「あの魃を容《い》れる場所や仲間を探そうというのですか」

「ええ。あの神さま、そんなひどい人じゃないですよ」

懸命に王弁は魃のために弁じる。

「ほう……それは実に面白い考えを抱くものですな」

司馬承禎は目を細めた。

「ですが王弁くん。魃は古来より世界を漂泊《ひょうはく》し、天地に恐ろしい旱《ひでり》の災厄《さいやく》を振りまいた挙句、六合峰に封じられたのですよ。なのにこの天地に容れることの出来る場所があるでしょうか」

試すように司馬承禎に問われて、王弁は早速言葉に詰まった。彼とて何か名案があるわけではないのだ。

「魃、自分の力を一所懸命に抑えてくれてるんです。社の巫女《みこ》が逃げて封印が解けてしまったのに、旱の力が天地を覆うのを我慢している」

司馬承禎の瞳は興味を惹《ひ》かれたようにきらきらと光った。

「魃が己で力を律しようとしているですって！」

司馬承禎はたくましい腕を組んで、庭をぐるぐると歩き回った。

「そんな楽しげなことを放っておくわけには参りませんな。ここは私も一緒に行って、何とか方策を……」

と言い終わる前に、何者かが壁の外から呼ばわった。

「ちっ、つまらぬ約束などするのではなかった。いや、約した時には面白いと思っていたのですが、魃に絡める好機が来るとは予想だにしていなかった」

「何か用事でもあるのですか」

「ちょっと陛下と約束していましてね。古の穆《ぼく》天子と同じように、異界を見たいと仰るのでほんのさわりだけ見せて差し上げることになっているのです」

近所へ買い物にでも行くような気軽な口調である。

「最近の陛下には、私が厳しく道術を教えているので、たまには息抜きさせてあげないとやる気を失ってしまいますからな。ともかく私はこれから参内せねばなりません。異界を見に行くとなれば、数日は留守にすることになるでしょう。待てますか?」

「一日でも早い方がいいです」

「でしょうね。では……」

司馬承禎は屋敷の中に向かって呼ばわった。

かつて王弁に哨吶《ラッパ》を贈ってくれた二人の童子が姿を現した。二人は王弁と吉良の姿を見て、さえずるような声を嬉《うれ》しそうに立てた。

「私も蓬萊《ほうらい》の尺度で言うとまだまだ年若い。魃のことを詳しく知っている者が、天地の片隅にまだ生きていると聞いたことがあります。これなる童子たちなら、その者たちのもとへ王弁くんを連れて行ってくれるでしょう」

童子たちは頷いてきゃっきゃとはしゃいだ。

「この子たち、そんな昔の人を知ってるんですか」

王弁が訊ねると司馬承禎はいたずらっぽい表情を浮かべ、

「私の五千二百六十四倍は生きているんですよ」

「そんなに？」

「彼らはあまり昔のことを語りたがりません。この子たちにとっては、今という時間がいかに楽しく、素晴らしいものであるかが何より大切。だから私も過去を詮索《せんさく》したりはしないのです。ただ、この天地が創《つく》り上げられて間もないころの記憶を持っていると聞いたことがあります」

「ということは魃のことも」

「少なくとも私よりはよく知っているでしょう。ちょっと訊いてみますか」

童子たちと二、三言葉を交わして王弁の方に向き直り、

「燭陰《しょくいん》と耕父《こうふ》という古い神の居場所を知っているみたいです」

そう告げた。王弁はもちろんその名を知らない。

「燭陰と、耕父、ですか」

「私も彼らについて伝説以上の詳しいことは知りません。人に代替わりがあるように、神仙にも旬《しゅん》というものがあります」

「神さまや仙人に旬?」

「ええ。天地が産声《うぶごえ》を上げたばかりのころと今では、必要とされる神の力もまた違いますからね。人間でも言うでしょう。治世の能臣、乱世の姦雄《かんゆう》、などとね。燭陰や耕父は天地が若い頃にこそ、求められた神々だと聞いています」

くらくらする頭を一度振ってしゃっきりさせ、王弁は先を促した。

「それで、その神さまたちは今どこに」

「我々が暮らすこの大地から遠く離れた、奎宿《けいしゅく》近くに住んでいます。夜になれば西の方向の星の群れとして見えますよ」

「西の彼方《かなた》の星の群れ……」

「驚くことはありません。あなたは吉良と共に天地の壁すら越えているのですから。距離は大した問題ではない。ただ……その後です」

司馬承禎は門外からやかましく呼ばわる使者を無視して考え込んだ。

「古い神々はどういうわけか気難しい者が多く、会うことはもとより、満足に話をした者もいないと聞きます。王弁くんの望みがうまく通じると良いのですが」

と、しばし難しい顔をする。やがて何かを吹っ切るように表情を明るくして、

「魃と仲良くなれたほどの王弁くんだ。きっと大丈夫ですよ」

軽い口調で王弁の肩をばしばし叩《たた》くと、ではごきげんよう、と出て行った。にこにこしている童子たちを前にして王弁は途方に暮れる。燭陰と耕父と言われても昔話にすら聞いたことがない。

ぴぴぴ、とさえずった童子が一瞬の閃光《せんこう》と共に五寸ほどの鳥へと姿を変えた。足が三本、美しい冠のような飾りをつけた美しい鳥である。

「まあ、とりあえずは行ってみるしかあるまい」

吉良に促されて、王弁はその背に跨《また》がった。二羽の美しい鳥が先導するように吉良の鼻先を飛び回る。

どし、と吉良が力強く地面を踏みしめた。司馬承禎の屋敷が鳴動するほどの衝撃を残し、空高く舞い上がる。王弁が旅した大地がたちまち視界から消え、青黒い大海と緑色と茶色がまだらとなっている大陸が交互に視界の下を流れていく。

「司馬どのの言う通り、燭陰と耕父は大変古い神々で、私も会ったことはない。燭陰はもと火の神で、目は金光を発し、吐く息は周囲百里を腐らせる猛毒だといわれている。耕父は三十六の魂を持ち、無限に生きながらえる洪水の神だ。彼が姿を現すところ、すべてが土と泥に押し流されると伝えられている」

「そんな恐ろしい神さまに会うのはいやだなあ……」

吉良は鳥になった童子の一人と何か言葉を交し、王弁の方を振り向く。

「ここから近いのは燭陰の仕事場であるようだ」

「仕事？」

「神さまとて雲の上でのんびりしているわけではない。それぞれの職掌を日々こなしているのだ」

やがて吉良たち一行は分厚い雲の中へと入った。乱気流が激しく、童子たちは煽《あお》られて体勢を崩す。吉良は素早くその羽根をくちびるに挟むと、王弁に声をかけた。

「この子たちを頼む」

王弁も風の中でふらふらになりながら、二羽の鳥を懐《ふところ》に抱く。童子たちは顔だけ出して、楽しそうにぴるぴるぴると囀《さえず》った。


広州から武安州までの船路に少し似ている、と王弁は思った。

時に凪《な》ぎ、時に荒れる宙の中を、吉良は力強く進んでいく。地上の海と違うのは、波が水ではなく、星であるということだ。星たちはうねり、飛び跳ねながら彼の横を通り過ぎていく。その一つ一つに王弁たちの暮すような世界があるのだと吉良に告げられ、王弁は驚く。

そして吉良は童子たちの指し示す方向へと首を廻《めぐ》らせた。

今は宙を蹴《け》ることもなく速度を落とし、赤い光を放っている巨大な星へと近付いていた吉良は、その光を取り巻いている銀色の小さな星々の一つへと進んで行く。

銀色に輝くその星は近づくほどに王弁の視界を覆《おお》い尽くすばかりとなり、星のあちこちにあいた四角く大きな穴から何者かがひっきりなしに出入りを繰り返している光景が目に入り始めた。

「そうだな、このあたりの城市と言えばわかりやすいか」

「城市……光州とか荊《けい》州とか、そういう?」

吉良が頷《うなず》く。

頭だけで吉良と同じくらいありそうな赤牛に似た怪物が、数十両に及ぶ荷車を引き、すさまじい速さですれ違っていく。荷車には屋根のついているものとついていないものがあり、ついているものには数人ずつ人が乗っていて、屋根がついていない車には荷が満載されている。

「ここは主《あるじ》どのが暮らす大地からはるか彼方にある星の世界。人々や神仙はここと億万里離れた地を、先ほどすれ違ったような空飛ぶ車に乗って移動する」

「へえ……」

鞍《くら》の上から身を乗り出した王弁は、ひっきりなしに怪物たちが出入りする巨大な球体に目を奪われていた。

「司馬どのの童子によると、燭陰はここで駅馬の仕事をしているということだ」

「じゃあ燭陰って神さまは吉良みたいな姿をしているの」

「いや、私も実物をこの目で見たことはないから確たることは言えないが、全く違うはずだ。心構えをしておいた方がいい」

恐ろしいのは勘弁して欲しい、とげんなりする。

やがて吉良は一番大きな入り口から球体をした城市の中へと進入する。

入り口は、くぐってみるとそれだけで数百丈四方はありそうな大きな門だった。木材なのか鉄なのかも判然としない白い材質で作られた門は内側に向かって大きく開かれ、出入りするものには大きな甲虫が一匹ずつ近付いて何かやりとりをしている。

吉良にも身の丈六尺はありそうな甲虫が近付いて来た。腕が四本に足が二本で、腕の先端に光る細い鉤爪《かぎづめ》が王弁に恐怖を抱かせた。

「な、何か来たよ」

怯《おび》えた王弁は吉良のたてがみを摑《つか》む。だが吉良は大丈夫だ、と安心させるように言う。

「慌《あわ》てるな。あれはこの城市の官吏だ。出入りする者は彼らに出自と用件を申告しなければならない。彼なら燭陰のことも知っているだろう」

甲虫のような官吏はたじろぐ王弁の前でぶんぶん羽ばたきつつ、しろがね色に点滅する目玉で王弁を上から下まで見た。そして、

「珍しいところから来たもんだ」

と王弁にわかるように言葉を発した。言っていることがわかるか、と問われて慌てて頷く。

「久しぶりに使うから、思い出すのに時間がかかった」

「わかるんですか」

「あんたの種族は記録されてるよ」

目玉を点滅させ、羽根の下から帳面のようなものを取り出した。

「で、どこにおいででどういうご用件かな」

吉良が代わりに答える。甲虫官吏は王弁が見たことのないような、先端から微《かす》かな光を放つ筆で、帳面になにやら書き込んでいたが、吉良が燭陰に会いに来たと言うに及んで、顔を上げた。

「甲三九号のことだね。乗ってどこかに行きたいのかい？　あんたがついていれば、大抵のところには行けるだろうに」

　と吉良の方を見る。

「わたしたちが燭陰に会いたいのは、乗るためではない。話をしたいからなんだ」

「ふうむ……」

　甲虫は四本の腕を組んで首を傾《かし》げた。

「明日になれば帰ってくると思うが、あいつと話そうなんて物好きは初めてだ。それに燭陰と私的に会うのは規則で制限されている。城の管理者にも許可を取らなければならんが、それでもいいか」

　吉良はもちろんだ、と頷く。

　官吏は許可申請書を取ってくる、と言って飛び去った。

「これは時間がかかるかもしれないな」

　吉良はため息をついた。

「許可がいるなんて面倒臭いなあ」

「彼はもともと魃と同じくらい古い神だ。そして魃と親しい間柄であったとすれば、同じく危険な力を持っているとしても不思議ではない。今は大人しく荷車を曳《ひ》いているかもしれないが、それでも監視の下に置かれているのかもしれん」

やがて官吏は、一枚の紙を持ってきた。向こう側が透けて見えるほどに薄いが、手に持つとどっしりとした重みがある。

「ここに署名して。ああ、あなたのところの言葉で構わないよ。わかる人間もいるから。どこに滞在するか決めてない？　そうかね。じゃあ三日後に本庁まで来なさいな。城の真ん中に浮いている一番大きな建物だ。わからなければどこの宿でも行き方を教えてくれるよ」

と王弁に名前を書かせると、また羽音を響かせて去って行った。

「三日も待つのか」

こうしている間にも、峰西は乾いていっているはずだ。飛虎兄弟や機織《はたおり》の娘たちの顔が頭をよぎる。

「古《いにしえ》の神に会うのに待つだけですむのなら、それは僥倖《ぎょうこう》というものだ。剣の山を裸足《はだし》で越えたり怪物を倒さなければならないとか、そういう試練を与えられるのとどちらがいい」

「……待つ方」

そうだろう、と吉良は鼻を鳴らし、城市の中へと進んでいく。

奇妙な街だった。大地があって道が四方に通じ、そこに建物が建っているかと思うと、宙に浮いた小島に乗っている宿屋や酒店もある。だがそれぞれの小島は中空を縦横に走る管のような道で繋《つな》がっており、そして中空の中心、はるか上空にある巨大な球形の構造物が城市内を満たす青白い光を放って輝いていた。あれが甲虫官吏のいう、本庁らしい。

首と肩がつながったような大男が客引きをしている宿屋は、本庁を間近に臨む円形の箱庭の一つに建っていた。

慣れない者は迷ってしまいそうな管道ではなく、吉良の背に乗ってゆっくりと空中から近づき、その軒先に吉良の手綱をつなぐと、案内された部屋に入る。中は王弁がこれまで泊り歩いてきた宿と大差なく、床に足を伸ばしてほっと息をついた。

床には綿を詰めた布団《ふとん》が用意してあり、そこに寝そべると、窓から不思議な街の光景が望めた。

懐からぴぴぴ、と声がする。

二羽の鳥を取り出して床にそっと置いてやると、ぽんと童子の姿に戻った。二人はそれぞれ王弁の袖《そで》をつかんで、外に出ようとせがむ。

「だ、だめだめ。宿の外はきみたちのように空でも飛べないと危ないよ。吉良も休ませてあげたいし。お腹《なか》が空《す》いたんなら二人で行っておいで。あ、俺には饅頭《まんじゅう》でも買って来てよ。あと出来たらお酒と」

童子たちは頰を膨らませてぴいぴいと不満を表明する。

そして一人が扉の方から、何か持ってきた。藁《わら》で編んだ、なんということのない草《ぞう》履《り》だ。

「これを履いて外に出ろって？　だから草履を換えても空は飛べないって……」

童子は王弁のわかりきった小理屈など相手にせず、その草履の鼻緒を持って、窓から外に出してみせた。すると、驚いたことに草履の裏から小さな雲が湧《わ》き出して、径四尺ほどの白い円盤になったではないか。

「こういうからくりがあるから大丈夫だって？　ほんとかいな」

王弁は草履に足を入れ、窓からおそるおそる一歩を踏み出す。草履は外気に触れた途端雲を吐き出し、王弁の足元を包む。歩を進めると、その先にも雲の円盤が出来て王弁の体重をしっかりと支えた。

「これは面白い」

ふわりふわりと雲を踏んで進んでいく。童子はそのようなものがなくても平気なようで、踊るように王弁の前後を行く。

よく見ると、周囲の人たちの何割かは足下に雲を履いて、街を往来していた。残りは飛ぶ力のある者らしく、はばたいたり煙を吹いたりして動き回っている。

自由に出歩くことが出来ると、急に腹が減ってきた。

「餐庁《さんちょう》はあるの？　あ、あるんだ」

ぐるる、と音を立てる王弁の現金な腹に気付いた童子たちは、宙に浮かぶ一つの小島に王弁を引っ張っていく。これまで王弁が嗅《か》いだことのない香りだ。肉の焼ける匂《にお》いに鮮烈な香草の風味がまとわりついている。

（光州の家の近所にあった西域酒場の匂いに似てるな……）

そんなことを考えながら、王弁は引き戸を開く。中は広く、円卓がいくつも並んでいる。それぞれに数人の客がつき、賑《にぎ》やかに話しながら食事を楽しんでいた。

三人の客が入ってきたことなど誰も気にせず、飲み食いを続けている。

やがて、これも小さな雲を踏んだ少女が飛んできて王弁を一瞥《いちべつ》すると、

「あら珍しいところからのお客さんね。お食事？」

と彼にわかる言葉で訊《き》いた。

「ええ。いいですか？」

酒場の熱気に押されて思わず王弁がそう訊くと、少女はくるりと身を舞わせて笑っ

た。

「営業してる餐庁に来たお客に飯を食うな、なんて言わないわ」

そう言って童子たちの手を引くと、空いている席に王弁たちを案内した。

やがて何も注文しないままに、旨《うま》そうな湯気と香りを立てる茹《ゆ》で肉らしきものと酒が運ばれてきた。何が出てきたのか正体がわからないまま、王弁は肉の塊にかぶりつく。

「これは……」

歯を洗うようにさらりとした肉汁が口の中に満ち、店の外にまで流れ出していたあの香草の芳香が広がった。

「美味《おい》しいでしょ。肥蠬《ひい》の肉よ」

「上等な羊と同じ味がする」

少女はにこりと笑って、

「もとはどんな姿をしていたのか、教えない方がいいかしら」

と片目をつぶって別の卓へと忙しく近づいていく。王弁は一瞬いやな空想を頭に思い浮かべかけたが、人をとろかすような肉の香りでその空想を追い払う。

酒は辛いが、よく冷えていて喉元《のどもと》をするすると通り過ぎていく。童子たちは肉と根菜の煮物をもりもりと平らげ、膨らんだ腹を撫《な》でて満足している。

「さあ、帰ろうか」

と立ち上がったところで銭金の類を何も持っていないことにいまさら気付いた。

「ど、どうしよう……」

「あら、ただ食いとはいい度胸ね」

少女が腰に手を当てて指を鳴らすと、熊《くま》の顔に岩のような体をした男が数人現われ、たちまち王弁たちを取り囲んだ。

王弁が青ざめて酔いも醒《さ》める勢いでいると、童子のうちの一人が袖に手を入れて何かを引き抜いた。その小さな手には、七色に輝く羽根が握られている。童子のさえずりにしばらく聞き入っていた少女は、

「まあ、鵬《ほん》の羽根ね。久しぶりに見た。いいわ。この羽根と遠来の珍しいお客ってことで、勘弁してあげる」

と王弁を放免した。

「ああ、それから、これだといただき過ぎだから、ここに居る間自由に来てもらっていいわよ」

童子たちは手を打ち合って喜んだ。

ほっとして店を出ると、王弁は童子たちに礼を言った。

「あの羽根、きみたちが体から引き抜いてくれたんでしょ？　大丈夫なの」

王弁の言葉に顔を見合わせていた二人は、ぴょんと飛び上がると王弁の髪の毛を何本かむしりとった。

「いてて」

むしり取った髪を二人で分け、袖の中にしまう。そしてくるくると二人で回り合って、元気だと示した。

「そっか、髪を何本か抜くのと同じだから、気にするなってことだね。でも助かったよ。ありがとう」

頭を撫でられた童子たちは、顔を見合わせてうんうんと頷《うなず》き合った。

役人に提出した燭陰との面会許可申請への返事は、予定の三日を過ぎても返ってこなかった。普段ならだらだらと時間を過ごすのは苦手ではないが、峰西のことが気になるのにただ時間を過ごすのは、苦痛だった。

「やっぱり先生と薄妃さんがいないとつまんないな」

童子はこの城市をよく知っているらしく、二人で連れ立ってはどこかに遊びに行っている。吉良もここまでの旅で疲れたのか、瘦《や》せ馬に戻って寝てばかりだ。

酒食は童子が美しい羽根で代金を先払いしてくれており、餐庁で不自由なくとることが出来ている。だが知り合いも道連れもいない旅先での食事は味気ないことこの上ない。店を任されているらしい少女は何くれとなく声をかけてくれるものの、忙しい中で話し込めるわけでもない。

五日経《た》って申請の結果を聞きに来いと通知が来た時には、もうとっくに待ちくたびれていた。だが、宿の主人から場所を聞いて訪れた本庁の窓口で言い渡された言葉は、実にそっけないものだった。

「申請を却下する」

窓口で王弁と吉良は頑張った。言葉を尽くして魃の災厄について述べ立てたが、応対に出た甲虫姿の官吏は冷たい表情で首を横に振り続けるのみであった。それどころか、

「許可なく燭陰に近づこうとするならば、法規に照らして厳重に処罰する」

とまで申し渡されてしまった。

「何故《なぜ》」

「理由を答える権限は与えられていない。お帰りを。はい、次の方」

「くそ……」

吉良が珍しく怒りをあらわにして地団駄を踏む。もちろん王弁もわざわざこんな別天地に来て空振りになったことに落胆していた。

「こんなことなら初めから秘《ひそ》かに話をつけに行けば良かったな」

王弁は草履から漂い出る雲の上にへたり込み、吉良がこぼすのを聞いていた。

「いや、だめだよ。こっそり会いに行って見つかったりしたら、きっとひどいことになっていたような気がする。俺たちに会わせたくないというのには、何か理由があるんだよ」

「理由があるからといって、魃を放っておくのか」

吉良が珍しく王弁につっかかる。その口調はいつもの思慮深く冷静なものではなく、どこか追い詰められたように切迫していた。

「どうしたの？」

といぶかしげな王弁の表情を見て、吉良は冷静さを取り戻した。

「すまない。どうも魃は私の心をかき乱す。早く何とかしなければと焦《あせ》る気持ちと、背中を向けたくなる怯《おび》えが同時に湧いてくるのだ」

「そう……」

似合わぬ愛馬の言葉に、王弁は驚いていた。

ともかく、このままでは手詰まりだ。寝そべって空を見上げていた王弁は、空を往来する名もわからぬ妖異《ようい》たちの様子を眺めていた。

車や妖異の背には人々や荷物が載せられ、王弁たちが入ってきた大門をくぐって城市から出ては、星々の間を切り裂いて飛び去っていく。

「そういえば燭陰っていう神さま、四日前にはこの城市に帰り着くって話だったよね」

「ああ、確かそうだった。ここと他の城市とを結んでいる駅馬たちは、城市の去来殿に集まっているという。近くには彼らの住まいもあるはずだ」

吉良は王弁を背に乗せると、人々が一際《ひときわ》多く出入りする島へと向かった。

この城市の大門近く、本庁の放つ光を反射して巨大な満月のように輝いているのが、去来殿と呼ばれる大きな宿駅。王弁たちは目立たぬように気を付けながら四半刻《しはんとき》ほどでそこまでやって来た。幾層にも石垣を重ねたような円形の側壁に、無数の門がついている。その門が開くごとに駅馬の役を務める妖異が出ていったり、また中に吸い込まれていく。

「駅島だ。ここが他の城市への発着地となっているようだな」

吉良から下りた王弁は、何気ない風を装《よそお》って手綱を引き、その建物の中へと進んで行った。

多くの旅人が集まる場所には大きな荷物を背負った人々が多くいて、出発を待っている。もちろん、到着して一息ついている者も同じだけいた。

見上げるばかりの丸屋根の下には、怪物たちが停泊し、客を降ろしたり乗せたりしていた。駅の奥へと入るには吏員の検札を受けなければならないようになっており、王弁たちはひとまず駅島を立ち去った。

「どれが燭陰なのかわかる？」

「ここにはいなかったな。おそらく、長旅の疲れを癒《いや》す休憩所があるはず」

とんと宙を蹴《け》って、駅島を中心にした一帯を見て回る。

この城市では人々の住居や民間の商店、宿を乗せている島は比較的小さく、役所や駅など、公的な機関は大きな島の上に乗って宙に浮かんでいるようだ。

「吉良、あれは何だろう」

穏やかな島々の中にひときわ大きく、王弁の目を引くものがあった。周りをぐるりと石彫りの巨像に取り囲まれている、禍々《まがまが》しい気配を放つ巨大な島だ。像はそれぞれ身の丈三丈ほどある兵士の姿で、踏んでいる雲は、王弁の草履から出ているものと違って青白く光り、手に持つ長い槍《やり》も同じくまばゆい光を放っている。どうやら、ただの石像ではないらしい。

「あまり見るな」

と吉良がたしなめる。

「あの石像は、みな意思を持った警備兵のようだ。奴《やつ》ら、私たちを見ている」

「ほ、ほんと?」

「おたおたするな。こちらが気付いたことを悟られる。たまたま通りかかったのだと見せかけてやり過ごそう」

「でもあれ、怪しくない?」

吉良は横目でちらりとその島を見た。

「いかにも何かいそうだよ」

王弁の言葉に頷いた吉良は、頭の上で羽ばたいている童子たちに何事か囁《ささや》いた。すると二人は光となって消え、一拍おいて、また吉良の頭上に姿を現す。

「何したの」

「ちょっと中の様子を見て来てもらおうとしたのだが、残念ながら中には入れなかったようだ」

瞬時に島との間を往復したらしい童子たちは、何やら楽しげにさえずり合っている。

「どきどきして最高の気分だったそうな。さすがは司馬どのの童子」

妙なところに感心している吉良の鞍上《あんじょう》から、王弁は中に何がいたかを訊《たず》ねてみた。

童子たちは顔を見合わせてぐっと親指を立てた。

「燭陰がいたんだ！　良かった」

と、その時、吉良がひどく焦り出した。

「いかん。狙《ねら》いを定められている気がする」

石彫りの兵たちがゆっくりと動き出し、吉良に顔を向ける。吉良は急旋回して宙を蹴ると、そこから一気に遠ざかった。

「やはり正面から燭陰に会いに行くのは無理があるのかも知れん」

「そんなに警戒されてるなんて」

いくら吉良の力を借りたとしても、とても中に入り込むことは出来そうもない。

「それだけ燭陰に人を会わせたくないと強く思っている者がいるのだろう」

「どうして？」

「わからん。だがここを治める者が恐れる何かがあるのは間違いない」

王弁と吉良はしばらく黙り込んだ。やがて吉良が何かを思いついたように顔を上げ、口を開く。

「こうなったら、燭陰が再びこの城市から出発する機会を捉《とら》えるしかないな。その時なら、彼と話す機会もあるだろう」

意外にも燭陰が別の城市に出発する時間はすぐにわかった。

駅にいる吏員に燭陰の姿を告げ、その駅馬が牽引《けんいん》する便で旅に出たい旨《むね》を言うと、親切に教えてもらえたのだ。駅島にも大きく掲示が出ていた。だが、そこには燭陰という名は記されず、「甲三九」という味気ない識別番号が表示されているだけであった。

「甲三九」号は、この城市でもっとも長距離を飛ぶらしい。一度出発すれば、今度は半年ほど帰って来ないという。

「燭陰がここを出るのは今晩遅く」

王弁と吉良は頷きあって、寝床に入った。

深更、吉良に起こされた王弁は衣を整え、顔を洗って気合を入れる。童子たちも小鳥に姿を変え、彼の懐《ふところ》に飛び込む。

作戦はこうだ。

去来殿から大門を抜けて他の城市へと出発する駅馬たちは、初めはゆっくりと速度を上げていく。吉良の足で追いつけるうちに燭陰の体のどこかへ取り付いて、監視の者の隙《すき》を見て接触する。そして魃を救うための手がかりを得しだい、離脱する。

「哨吶《ラッパ》、吹いてほしい？」

王弁の吹き鳴らす哨吶は、吉良の力を倍加させる。だが同時に、その賑《にぎ》やかな音は目立つことこの上ない。

「いや、自力で何とかしよう。主《あるじ》どのこそ、燭陰に飛び乗る時は気をつけてくれ。大門の先でもし星雲の中に落ちたりしたら、私でも捉えきれない」

「わ、わかった」

まだ宿から出ていないのに、王弁は思わず吉良のたてがみに摑《つか》まった。

足音を忍ばせて宿から出て、周囲を見やると、昼間は多くの人が雲を伴って行き交っていた空間に島々だけが漂っている。そのどれもが微《かす》かな蛍火に変わった木庁からの光を帯びて、暗闇《くらやみ》の中に浮かんでいた。

王弁たちの目指す駅島だけが、その内部にまばゆい光を閉じ込めているように、いくつもの窓眼《そうがん》から細い光の線を放射している。近づくに連れて、多くの人影がその島に吸い込まれていくのが見える。遠くからは暗くて分からなかったが、夜に出発する人々も案外多いようだ。

駅島に入ること自体には、制限はない。

正面には大きな掲示板があって、行き先の城市と出発の刻限が書いてある。だが、吉良はその掲示板を見上げて、はっと息をのんだ。

「どうしたの」

「本日の甲三九号は、事情により遅延《ちえん》いたします、出発時刻は未定、とある……」

「燭陰は出てこないってこと?」

吉良は改めて掲示板を見やる。

「出航の時刻が決まり次第、もしくは振り替え便が決まり次第お知らせするということだ」

「振り替え便っていうことは、出てこないかもしれないのか!」

「そういうことになるだろうな」

「何てこった。ねえ、吉良、こうなったら耕父って神さまの方を先に回ろうよ」

そうするしかあるまい、と吉良は答えつつ、童子に距離を訊ねる。だが童子は表情を曇らせて頭を振った。

「遠すぎるのか……。いや、もちろん行くことは可能なのだが、私の足では数年はかかってしまう。それでは話にならん」

確かにそれではどうにもならない。戻った頃には六合峰の周囲は砂漠の中だ。八方塞《ふさ》がりになった。このままこちらにいても仕方がない。王弁は吉良に帰ろうと促した。こうなったら峰西に戻り、手遅れにならないうちに僕僕が帰ってくれるのを期待して、その力を借りるしかない。

「結局先生頼みか……」

だが吉良はしばらく黙りこみ、じっと王弁を見つめていた。

「一つだけ、策がある」

「あるなら早く言ってよ」

「早く言わなかったのは、その策を使わないですめばいいと思っていたからだ」

「それ、もしかして俺が絡《から》むことじゃないよね」

何となくいやな予感がした王弁は念を押す。

「残念ながらその通りだ。だが理由はある」

吉良は王弁を乗せて燭陰の潜む島の近くを通りかかった時、こちらを見ている石像兵たちの強い視線があったことを憶《おぼ》えているか、と訊ねた。

「うん。俺にはわからなかったけど」

「あの後よく思い出してみた。石像兵から放たれる視線は、私と司馬殿の童子たちを射るように見ていたにもかかわらず、主どのは見ていなかった。あの島を守る兵たちの狙いも、明らかに私と童子たちだけに向けられていた」

「そうなの？」

「ああ、間違いない」

「あの、もしかして俺に一人で……」

「その通りだ。燭陰を我々から隔てようとしている者たちは、ある種の神仙を遠ざけたいと考えている。それは千里を飛ぶ力であったり、変化の力であったりする、いわば人智《じんち》を超えた力を持つ者たちだ。だが、主どのはそうではない」

王弁は誉《ほ》められているようなけなされているような、複雑な気持ちになる。

「そうではないからこそ、あの警戒網に反応されない……。それは修行しても中々出来ることではないのだぞ。素質云々《うんぬん》ではなくて、何もないのが素晴らしいのだ」

「いや、慰めなくてもいいよ。でも正面から近づいたら、さすがに止められるでしょ」

吉良は熱く励ましてくれるが、聞いていると落ち込みそうなので王弁は先を促した。

「そこで私と童子たちで、警護をしている連中の注意を惹《ひ》き付ける。その隙に主どののは島の中へと走りこんで、燭陰と話をつけてきてくれ」

「わ、わかった」

王弁は一人、燭陰の島へと向かった。

吉良が別の方角から島に近づいているのが見えていた。その背には司馬承禎の童子たち。彼らが距離を詰めるに連れて、石像兵たちの首がゆっくりと動いて追いかける。

全《すべ》ての石像兵の首が吉良の方を向いた刹那《せつな》、吉良が突然前足を跳ね上げて童子たちを振り落とした。そして激しく嘶《いなな》きながら島へと駆け走る。

童子たちは慌《あわ》てた様子でその後を追いかける。

吉良を指差して甲高い声を上げ、捕まえてくれと頼むかのように腕を振り回す。すると、島を守っていた石像兵たちがそれぞれの足から雲を噴射して、吉良の後を追い始めた。あたりは轟音《ごうおん》と白煙に包まれ、騒然となる。

「今だ、行け！」

と吉良が王弁の横を駆け抜けて叫んだ。石像兵が島から離れたところを見計らい、島へと取り付く。人が入れるような門を探す。すると、燭陰が駅島に行く時に使うのであろう管道に、小さな穴が開いていた。

体を潜り込ませて島の内側へと入る。

奥の方から、洞窟《どうくつ》の入り口で聞こえるような、ぼうぼうとした風の音が聞こえてくる。中は暗く、何やら饐《す》えた臭《にお》いも漂ってくる。

腰の辺りに力が入らず、乾いていく口の中がこの先にいるモノに近づくなと警告を発していた。

(行かなきゃ、行かなきゃ……)

と自分に言い聞かせながら先へと進む。

やがて、巨大な広間に出た。薄暗がりの中では端も見えないほどに広い、直径数百丈はありそうな巨大な円塔形の空間である。

その中心には錆《さ》びた鋼《はがね》の欠片《かけら》でくみ上げたような、赤茶けた壁が何層にも積み重なっている。王弁が近づくと、壁は威嚇《いかく》するようにぎしりと震えた。

音を立てて形を変えたその壁の合間から、龍《りゅう》のように恐ろしげな顔が現れた。それは壁ではなく、とぐろを巻いた巨大な生き物であった。怪物は、闖入者《ちんにゅうしゃ》を見て、二度瞬《まばた》きをする。

育ちきった牡鹿《おじか》の角に、龍の鼻、虎《とら》の牙《きば》に燃えさかるような真紅の瞳《ひとみ》を持っているそれは、王弁に向かって低いうなり声を上げた。

「あ、あなたが燭陰、さん?」

「ここはお前のような者が来てはならぬ場所だ」

長さ十丈はありそうな顔から生臭い息が流れてくる。

「いえ、俺は燭陰さんに話があって来たんです。あの……」

魃のことを言いかけようとした王弁は、

「わしは甲三九だ」

という怪物の重々しい声に遮られた。

「中空に浮かぶ星々を結ぶ運搬者、甲三九だ……」

王弁はその紅の瞳に表情が浮かんでいないことに戸惑った。

「燭陰さん、あなたにお聞きしたい事があって来たのです」

「燭陰……」

「ええ、あなたは古《いにしえ》の偉大な神さま、燭陰さまだって聞きました。そのお力にすがりたいのです。お願いします」

叩頭《こうとう》して王弁は懇願《こんがん》する。巨大な妖異《ようい》は王弁から目を逸《そ》らし、応《こた》えない。

「そのような者はここにはおらぬ」

否定されて王弁は焦《あせ》ったが、声を励ましてもう一度頭を下げる。しかし、

「忌《い》まわしき名、燭陰。わしはもう、その名を捨てた。二度とわしの前でその名を口

にするでない」

抑揚のない声で、燭陰は王弁に命じた。だが王弁とて、吉良たちが警備の注意を引いて頑張ってくれているというのに、すごすごと引き返すわけにはいかない。

「魃のことを知っていますか。彼女が困っているんです」

その名を聞いて燭陰はかっと口を開いた。燭陰から猛烈な風が吹き付け、王弁は壁まで転がされる。

「なぜお前のように年若く、術力も何もない者が魃を知っている」

腰をさすりながら立ちあがった王弁は、六合峰での出来事を燭陰に告げた。

「そうか、また魃は天地に災厄をもたらそうとしているのか……」

瞼《まぶた》を閉じた燭陰は深いため息と共に呟《つぶや》いたが、首を振り、

「しかし、わしには関わりのないことだ。帰ってくれ」

と王弁の頼みを拒んだ。

「魃の災厄はあまりにも多くの命を殺《あや》め、水を涸《か》らし、大地を死へと追いやった。その名を聞くだけで、わしはかつての苦しみを思い出すのだ。魃はわしの悪夢のもと。その姿を二度と目にしたくなく、名を耳にしたくもない」

それに較《くら》べ、と燭陰は続ける。

「今の仕事はいい。ただ旅人や荷を背中に乗せて、命じられるがままに星々の間を飛び回る。誰も傷つけず、誰にも感謝されず、誰にも責められない」

王弁はなんと応ずればいいかわからず、言葉に詰まった。

「わしは出航を遅らされて、ただでさえ気が立っておるのだ。わしの怒りが爆発せぬうちにさっさと帰れ」

と追い詰められた王弁はその鋼のような体に取り付き、

「魃の力になってあげたいんです！」

と叫んだ。

「愚かな」

ゆっくりと瞼を上げた燭陰は瞳を燃え上がらせる。

「おまえは魃の何だ」

「何だ、と言われましても」

「親か、兄弟か、はたまた戦友か」

「いえ、そのどれでもないです」

王弁の答えに、燭陰の瞳が蔑《さげす》むように細められる。

「関わりのない者が何故《なぜ》魃のために働く。何を企《たくら》んでおる」

「だから魃が力を抑えなくてもいられる場所を見つけたいだけで……」

燭陰は一つ大きく唸《うな》り、王弁の言葉を遮った。

「力を抑えなくなった魃がどのようなものか知っていて望むのであれば、それは天地に害なす大悪人だ。知らずに望んでいるのであれば、それはやはり天地の敵である」

王弁は重く冷たい燭陰の言葉に息をのんだ。

「魃の力になりたいだと。そのような者、時が時であればわしが成敗してくれるところ」

しかし王弁はそこでぐっとくちびるを嚙《か》み、思い切って言い返す。

「だから、天地に害を為《な》したいなんて、魃も思ってないんですって！」

暗く冷え冷えした広間の中に、王弁の叫びが響き渡った。燭陰は混乱したように目をしばたたかせた。

「魃は災厄そのものだ。そのように殊勝なことを思うわけがない。魃は滅ぼすには強力すぎる。だから天地の片隅に封じられてきた。その間魃の心に積もった恨みは、いまや天地を瞬《また》く間に干上がらせるほどに育っているに違いない」

「それは推測でしょ。燭陰さん、魃に会ったことあるんですか」

「……ある。やつのことはよく知っている。やつこそ天地に容《い》れられざる者だ」

「でも」

王弁は懸命に食い下がる。

「でも、魃が寂しい思いをしないで、それでいてみんなも旱《ひでり》に苦しまないような方法があるはずなんです。魃のことをよくご存じなんですよね。古い友人か何かなんでしょ？」

「ふざけたことを申すな」

轟《ごう》、と燭陰は吠《ほ》えた。

「友だと？　あの魃を友だと？　次にそのようなことを申してみよ。貴様の首をねじ切って……」

そう叫びかけた燭陰は叫び声を上げて、のたうち回る。燭陰の首に巻かれた金色の鎖が光を放ち、その巨体を締め上げていた。

「わしはもう誰も殺さぬ。殺そうとも思わぬ。頼む、許してくれ」

どたんばたんと転げ回る巨体から悲鳴が上がる。王弁は驚き怖《おそ》れ、壁に体を貼《は》り付けるようにしてその様を見ていた。

やがてぐったりと体を横たえた燭陰は顔を上げる。

「何じゃ、まだおったのか」

「え、ええ」

「わしは生き恥をさらして世にあることを許されたのと引き換えに、誰かを傷つけ殺めることを禁じられた。この首につけられた鎖はその証《あかし》よ。あまりに多くの命を奪い続けた者に与えられる勲章は、殺意を抱いただけで殺されるに等しい苦痛を与えられることじゃ」

再びとぐろを巻いた燭陰は、顔を自分の体の上に乗せて大きく息をついた。目を閉じ、何度も深呼吸を続けた燭陰の顔からは苦悶《くもん》の色がなかなか消えない。

「もう大丈夫じゃ。もう殺さぬ」

自分に言い聞かせるようにぶつぶつと繰り返した燭陰は、恨めしそうに王弁を見る。

「お前が魃の名など出すものだから」

「す、すみません」

ぺこぺこと頭を下げる王弁を見て、燭陰はふと表情を和らげた。

「魃はな、わしと仲間が大昔に戦い、そして敗れた相手よ」

「仲間じゃなかったんですか」

「仲間どころか、死に物狂いで戦ってついに敵《かな》わなかったかつての怨敵《おんてき》よ。それにな、お前はわしを偉大な古の神といってくれたが、ただの敗残兵に過ぎぬ」

「じゃあ今でも魃のことを恨んでいるのですか?」

「恨み?」

天井を見上げ、ゆっくりと首を振った。

「恨みはあった。何千年もの長きにわたり、わしは何とか復讐《ふくしゅう》する機会はないか、その術《すべ》を探し続けたものじゃ。おまえも見たであろうよ、わしが仲間と会ったりせぬよう目を光らせている警備兵どもを。だが戦いは終わった。多くの者が死んだ。生き残った者も、多くは封じられてその力の大半を失った。それはわしらも敵方も同じ。もはや恨みも消え果てたわ。魃とて、行き場を失《な》くして封じられているのだろう?」

「ええ。それを何とかしてあげたいんです」

「何も大昔の厄介事を引っ張り出すこともあるまい。封じられたことには理由がある。不要になったから、危険だから、となな。魃など世に放って、ろくな事にはならんぞ」

燭陰がそうたしなめても、王弁は怯《ひる》まない。

「厄介事にならないための手掛かりを探してここまで来ました」

ううむ、と燭陰は初めて感心したように唸った。

「そのようなこと、考えたこともない。可能とは思えぬ」

「だから魃のことを知っている人を見つけたかったんです。魃を容れる場所の手がかりになりそうな記憶や知識を持っている人を」

燭陰は再び瞼を閉じ、深く考えに沈んだ。

「魃が目覚めたことも驚きだが、それをお前のようなちっぽけな者が何とかしようとしていることも驚きだ」

「俺だけじゃないです。峰西の人たちも、原因がわからないながらそれぞれ何とかしようと手を尽くしています」

「人の分際で何と大それたことを……。知らぬとはとんでもない蛮勇《ばんゆう》を引き出すものだな」

瞼を閉じて考え込む。

「で、心当たりはあるのか」

王弁は司馬承禎から名前を聞いていたもう一人の古の神の名前を告げた。燭陰は王弁から耕父の名前を聞き、大きく頷《うなず》く。

「これは懐《なつ》かしい。再びその名を聞く時がこようとは」

「知ってるんですか?」

「知っているも何も、やつはわが兄弟のようなもの。行く所全《すべ》てを水で満たし、その洪水は全てを流し去る力を持つ神だ。かつ、あらゆる事象を記憶し、三十六ある魂で変幻自在の奇策を立てる優れた参謀《さんぼう》であった。しかし今のあいつは……」

顔をふいに曇らせた燭陰は、自らの体の中に顔を引っ込めた。

「あいつはあまりにも遠くにいる。お前の力になることはあるまい。そしてわしも、ここでは〝甲三九〟として生きている。お前の力になることを考えればこの箍《たが》がわしを締め上げる。お前の力になってやることは出来んのだ」

そう言って口をつぐむ。

「そんな……」

後は王弁がどれほどその鋼の肌を叩《たた》こうが、燭陰はとぐろの間から顔を出してはくれなかった。

やがて出航準備を告げる声が島に響き、燭陰は無表情に住処《すみか》を出て行く。がらんと広い燭陰の部屋は、家財らしきものもわずかで、薄汚い。住人の大きさに合わせて全てが作ってあるだけに、余計にわびしかった。

王弁は酒杯らしきひびの入った食器に腰をかけ、ため息をつく。これで本当に手詰まりになった。魃との約束は守れそうにないと落ち込んだ彼は、ころりと杯の中に転がり落ちた。

うずたかく積もった埃《ほこり》の中でむせ返りながら起き上がると、何かが手に触れる。袖《そで》を顔に当てて埃が落ち着くのを待ち、手に持った物を確認すると、それは王弁が持っているものと良く似た、小さな喇叭《ラッパ》だった。

四

峰西《ほうせい》と峰東《ほうとう》の境に近い、おおばばの隠れ家を訪れた劉欣《りゅうきん》は、事態が新たな段階に入ったことを知る。

おおばばは虚《うろ》の中の小屋で、朽木《くちき》のごとく乾いた少年を抱きしめて座り込んでいた。

「どうした」

「龍脈《りょうみゃく》が力尽きようとしておる」

老婆《ろうば》は震える声で、少年の髪を撫《な》でた。微《かす》かな力が加わるだけで、少年の髪はぱらぱらと地に落ちる。

「どういうことだ」

「恐ろしい乾きが。龍神の胆《きも》によって封じられておった本当の乾きが目覚めた。もうこの峰麓《ほうろく》は終わりじゃよ。いや、峰麓だけではない。全《すべ》てを干上がらせる乾きが天地を覆《おお》い尽くし、われら弱き者はみな微塵《みじん》となって消え去る定めとなった」

白く濁った眼から涙がとめどなく流れ落ちる。

「どうすればいい。何か手立てはあるはずだ」

劉欣はおおばばに詰め寄る。

「手立てなどない。共に滅ぶのみじゃ」

だが劉欣にはそうは思えなかった。少年の崩れかけた体からこぼれ落ちたある物を発見したからである。

「滅ぼうとする者が、これを残すか」

それは一見、人のかさぶたのように醜く皺《しわ》の寄った、小さな破片である。だがそれが何か、劉欣は知っていた。

「木々は一度の乾きで諦《あきら》めたりはせんぞ。この種はいずれ甦《よみがえ》る時のために残されたのではないのか」

「おお、種を。これまで一度も実をつけなかったこの子が……」

おおばばは種子を手のひらに受け取った。

「この峰に住む乾きの神を封じていた力は崩れ去った。しかし一度封じたものを、二度と封じられぬとは確かに言い切れないのかもしれん。この龍脈に匹敵するだけの水の力があれば、あるいは」

なるほど、と劉欣は腕を組む。

乾きの範囲は広がっているとはいうものの、峰の周囲十数里程度に収まっている。その外の山はまだ潤《うるお》いに満ち、流れが涸《か》れているわけでもない。

「この峰麓に眠る力を結集し、水を大量に引き込めばよいのだな」

「それでうまくいくかはわからぬ。しかしそうするより他にない」

「十分だ」

劉欣は少年の名残である粉を節くれだった長い指で集めきると、一つの小さな穴を掘って流し込んだ。少年の墓のつもりであった。

「どうする。地上へ戻るか」

おおばばに訊《き》くが、彼女は少年の墓の前に腰を下ろし、動こうとはしなかった。そして、

「この身を流れる血は、もう思い出せぬほど長い時間この子の傍らで継がれてきたの

だ。今さら別れて生き永らえる気もない。闇《やみ》の者よ、わしらをこのまま安らかに眠らせよ。そしてわが亡骸《なきがら》を糧《かて》に、新たな命が芽生えることを祈っておくれ」

そうおおばばは頼んだ。

「神に祈ったことなどない。だがお前の願いは忘れずにおこう」

劉欣はそう言い置いて虚から出た。

だが人里から隠れて住む精霊と老婆の物語は終わっても、峰の麓《ふもと》に住まう人々はいよいよ危機を迎えようとしていた。劉欣は地下水脈、つまり龍脈の様子を探るために、おおばばのもとへとやってきたが、そこで見たのが神木の死であった。峰の周囲を潤す龍脈も、とうとう途絶えてしまったのだ。かつて轟々《ごうごう》と音をあげて流れていた流れは姿を消し、黒く湿った川底の土が露《あらわ》になっているばかりである。岩をびっしりと覆っていた苔《こけ》が、白く枯れ始めていた。

「山も龍《りゅう》も死ぬのか」

人が血を失って死ぬように、山が水を失って死んでいく。

細々と湧《わ》き続けていた井戸水も、ついに涸れ果てようとしていたのである。僕僕に続いて、王弁たちが姿を消して、すでに五日が経過していた。その間にも乾燥は急速に進行し、棚田の一部は既に崩れ始めている。

峰西に戻った劉欣は、村の男たちが総出で何かを組み立てているのに出くわした。指揮を執っているのは、推飛虎《すいひこ》である。

「これは？」

「ああ、劉欣さん。隣の国から、水を譲ってもらえることになりましたので、水路の完成を急がせているのです」

水が豊かだった頃の峰麓には、近在の小国に水路を繋《つな》げて売却するという計画があった。だが今回の旱《ひでり》で、逆に輸入しなければならない破目に陥ったのだ。

「水を売るつもりで水路を作っておいて良かった」

「この水路、ところどころ木の樋《ひ》で作ってあるようだが、あまりの乾燥に割れてしまうのではないか」

推飛虎は劉欣に言われても慌《あわ》てることなく、一枚の布を取り出した。

「我らの女性たちは織物に長《た》けています。彼女らに可能な限り密に織り上げた布を作ってもらい、それで樋を補強します。そして急場をしのぎつつ、いずれは水路を石の地下水道に変えていくつもりです」

「そんな布を作ることが出来るのか」

「われら峰麓苗《ミャオ》に伝えられた秘伝ですよ」

推飛虎が取り出した布は密にして薄く、確かに水も漏らさぬように思われた。理にかなってはいる。そう劉欣は思ったが、総勢一万足らずしかいない峰西苗だけでそんな大工事が出来るのだろうか。

「ええ。ですから峰東にも協力してくれるよう交渉しています。長年の経緯もあり、なかなかうんとは言ってくれませんがね」

と推飛虎は苦笑した。

(名案かもしれんが悠長すぎるな。やはり蚕嬢《さんじょう》の策を使うしかないか)

その場を離れた劉欣は、宿館に戻る。

その片隅には国の一大事ということで謹慎を解かれた引飛虎《いんひこ》が肩を怒らせて座っており、一点を睨《にら》みつけるように見ている。その視線の先には蚕嬢とふくろうの姿があった。

「ちょっと劉欣」

蚕嬢は帰ってきた劉欣に向かって、きつい口調で声をかけた。

「引飛虎のやつ、何とかしてくれない？　あたしが峰に戻るって言ったら絶対にだめだって言うのよ」

「お嬢さんは峰の怒りを買っているのですよ。そんな人間が峰に戻ったら、何が起こるかわからないでしょうが。いま推飛虎たちが水を導いてくる工事を懸命に進めています。その成否がわかるまで待って下さい」

「そんな暇あるの？　もう水源は全滅しかけてるんでしょ？」

「だからこそ王や我々は、峰東に頭を下げてまで何とかしようとしてるんです」

半刻《はんとき》ほど前、蚕嬢と共にふくろうを連れ帰ったところを、たまたま引飛虎に見られてしまった。問い詰められて事情を話した途端、引飛虎は彼らを監視して目を離さなくなってしまったのである。

（あほくさい）

劉欣は馬鹿《ばか》にしたように鼻で笑った。

どの道乾いて干物になるのだったら、思いつく手立てを何でもやってみればいい。

これ以上悪い状態などなさそうに思えた。だが、

「この状態がもし他の地域にまで波及したら、どうするのです。苗の民だけではなく、壮《チワン》や南詔《なんしょう》の人々もこの近くには住んでいる。六合峰《ろくごうほう》は彼らの地域を通って海へと至る流れの源となっていましたが、他の水源にまで悪影響を及ぼすことがあっては、さらに多くの人に迷惑をかける」

「だからその迷惑を広げないために、あたしが峰に戻るって言ってるんでしょ！」

と口論はきりがない。

このふくろうが導神だった男のなれの果てである、と蚕嬢は引飛虎に告げなかったし、ふくろうも自ら名乗りはしなかった。そして、生《い》き胆《ぎも》を祭壇に捧《ささ》げるという案も話さなかった。

そんなこと言ったら、引飛虎のやつ絶対止めるもの……峰の神の怒りを解くのに必要だ、とだけ蚕嬢は引飛虎に説明し詳しい話は避けているらしい。

「ともかく、お嬢さんが峰に戻ると強情を張っているうちは、俺もここをどきませんからね！」

「勝手になさい！」

劉欣はあきれ果てて、屋根の上に登った。瑞々《みずみず》しさのかけらもなくなった六合峰の頂からは、今日も乾いた砂煙が立ち上っていた。


魃《ばつ》を救う手がかりを求め、星の海の彼方《かなた》に浮かぶ城市に古《いにしえ》の神、燭陰《しょくいん》を訪れた王弁は、ともすればどこまでも不安に落ち込みそうな心を懸命に奮い立たせていた。

城市の大門の傍らに浮かぶ駅島からは、甲三九号、今は城市の間を結ぶ駅馬に身をやつしている燭陰の出航を告げる銅鑼《どら》が鳴らされている。

吉良《きら》は気合を溜《た》めながら、駅島の巨大な発着口の陰に潜んでいた。王弁の依頼に燭陰が首を縦に振ることはなかった。王弁たちは結局、燭陰が飛び出すと同時にその力を利用し、出来るだけ速度を上げて耕父《こうふ》のもとへと向かうことにしたのだ。

燭陰のいる城市から耕父のいる場所までは、広大な星の海をさらに横切っていかねばならない。

「時間がかかるが、いいのか」

「このまま手ぶらでは帰れないよ」

このまま帰れば、魃が自らの旱の力を抑えきれなくなるのは間違いない。天地が乾いていくのを見ていることしか出来ないのであれば、帰ったところで何の意味もないことである。一縷《いちる》の望みは僕僕だったが、なぜか不自然なほどに腰が重い様子であったことを考えれば、何とか事態を打開する手立てを自分で持って帰りたかった。

「先生がいればなぁ……」

王弁が思わず弱音を漏らすと、

「いなくても主《あるじ》どのは立派に五年間を過ごして来たではないか。先生は仙人だ。仙人の意志を余人がどうこうすることなど出来ない」

と吉良が励ます。

「わかってる。でも近くにいると思うと頼りたくなるんだよ」

「人情というものだな」

やがて空気を震わす轟音が響きだした。

「出てくるぞ」

吉良は、街で手に入れた頑丈な細鎖を口に銜《くわ》えている。司馬承禎《しばしょうてい》が王弁たちの道連れにと差し向けた童子の一人が吉良の頭の上で鎖の一端を持って振り回し、もう一人がその体を支えている。そして王弁は手綱を握りしめ、吉良の体を安定させていた。

「角に引っ掛けるんだ。出来るか」

吉良の言葉に、不敵な表情で童子は頷《うなず》いた。

やがて重々しく、ほら貝を吹き鳴らすような音が聞こえた。ゆっくりと駅島の発着口が開き、城市が小さく震える。

「すごい……」

発着口から出てきた燭陰の姿から迸《ほとばし》り出る猛烈な力に、王弁は固唾《かたず》を呑《の》む。

燭陰の巨大な顔がのぞいたところを見計らって童子が、ひょう、と鎖を投げると、狙《ねら》い過《あやま》たず立派な角にかかった。

やった、と王弁が快哉《かいさい》を叫ぶ暇もなく、体が思いっきり前に引っ張られる。大門を過ぎたのは、かろうじてわかった。吉良が全力で疾走しながら、何とか急加速する燭陰についていく。

周囲の光景が歪《ゆが》み、腕がちぎれそうな加速に負けないよう、吉良の首筋に懸命にしがみついた。王弁はかつて僕僕と共に帝江《ていこう》の小天地を訪れたことを思い出した。だがそんな感慨はすぐに消える。

速度が上がるにつれて、視界を走り去る星々の光が長い尾を引いた光の線へと変わり、やがて線が束となって集まったまばゆい光の面へと変化していく。

「離せ！」

吉良が童子に叫ぶ。童子が鎖から手を離した瞬間、さらにもう一段の加速が加わって、吉良はくるくると回りながら中空を切り裂いて飛ぶ。

必死に首筋にしがみついていた王弁がようやく目を開くと、吉良は何とか体勢を安定させて、星空の中を飛んでいた。

「さすがに凄《すさ》まじい速さだな」

吉良は首筋に汗をかき、鼻を鳴らして感心していた。童子たちは自分の仕事がうまくいったからなのか、上機嫌でさえずりあっている。

「今どのあたりなの？」

王弁は、耕父がいる場所までの所要時間が気になった。だが吉良はあたりを見回し、何かを計算したあと、落胆したように、

「燭陰のおかげでかなり進んだが、まだ数月はかかりそうだ」

と言った。がっくりはした王弁だが、それでも最初から自力で行くよりはかなり短縮できた、と吉良を慰める。

「そうだな。とにかく今は耕父のもとを目指すしかない」

とん、と宙を踏む。四方すべてに輝く星たちが次々に傍らを通り過ぎ、その暖かさまでが伝わってくるようである。王弁はこの星の海を歩いてみたい、とふと思った。今なら宙を歩くことの出来る草履も履いている。

「それはやめておいた方がいい。私の周囲には結界が張ってあるが、主どのがそのまま外に出ると、血が沸騰《ふっとう》して体が破裂するぞ」

と吉良は脅かす。

首をすくめて、王弁は鞍《くら》の上から乗り出していた体を元に戻した。

「城市から離れてしまうと、何だかゆっくりに見えるね」

周囲には色とりどりの星々が流れている。

「まだまだ知らないところが沢山あるんだ……」

「主どのも随分と見聞を広めたものだが、それでも天地の一端をのぞいたに過ぎない」

死ぬまでに、この天地をどれほど見ることが出来るのだろう。それに天地は一つでもないと聞く。いつだったか僕僕が語ってくれたことによれば、この世には合わせて三十六もの天地があり、王弁たちの住む天地もその一つに過ぎないのだという。

こんなに広大な世界をどれだけ知ることが出来るのだろう。そして彼の思いは、これから僕僕とどれくらい一緒にいられるのだろう、という不安に変わっていく。

「別に長く生きたから、多くを見たからといって、偉いわけではない」

王弁の不安を見透かしたように、吉良は前を向いたまま言った。

「どうして？　長く生きれば、大切な人とずっといられるし、多くのものを見ることが出来たら楽しいじゃないか」

「違うのだ」

「吉良は人間の何十倍も寿命があるから、そんなことを言うんだ」

人の気も知らないで、と王弁はふくれっつらを作る。

「私にはむしろ、分不相応な長生を願う人の気持ちがわからないよ」

と吉良は珍しく棘《とげ》のある言い方をした。

王弁たちはしばらく黙ったまま旅路を進んでいた。

王弁と吉良の間に流れる奇妙な沈黙に、童子たちは首をかしげている。

「ちょっと休まなくて大丈夫？」

気まずい空気に耐え切れず、王弁はそう声をかけた。

「ああ、大丈夫だ。今は先を急がなくては」

話したかったのは吉良も同じようで、王弁の言葉にかぶせるように返事をする。

「いや、先が長いんだったら焦《あせ》っても仕方ないよ」

王弁はちょうど正面に見える、小さな光へと近づくよう指示した。ちちらと何かを反射するような輝き方から見て、星とは違うようだ。

「あれは城市の一つかな」

「だと、思うが、このあたりにあったかな」

吉良がその光に近づこうとする。するとその光は青みを増しながら色を変え始めた。

「……主どの」

すう、と吉良は速度を落とした。

「どうしたの？」

「目の前のあれは、城市ではないのかもしれん」

童子たちもぴいぴいと騒いでいる。王弁にはただ光が色を変えているようにしか見えないが、吉良が踵《きびす》を返して全力で駆け出したので、王弁もようやく異変を悟った。

手綱を握りながら後ろを振り返ると、光が心なしか大きく迫ってきている。その色を青から紫へと変えながら、吉良を追いかけて来ているようにも見える。

「吉良！　帝江のところに行った時みたいに、天地の境を越えることは出来ないの？」

「着地点を決めずに、もしくは先導なしに天地の境を飛び越えることは危険すぎる。先の見えない崖《がけ》を目隠しして飛ぶようなものだ」

その間にも背後から迫る光は紫からさらに色を変え、白く巨大な光球となって王弁たちを飲みこもうとしている。やがて白い光は、吉良に並んで咆哮《ほうこう》を上げた。

思わず悲鳴をあげそうになった王弁の耳に、

「まだこんなところにいたのか」

という低音で響く声が聞こえてきた。

咆哮の主がまとっていた光が消え、その姿が明らかになって王弁は驚いた。ぶつかれば小さな星など砕いてしまいそうな巨大な龍《りゅう》だ。その真紅の瞳《ひとみ》が王弁を見据えている。

「しょ、燭陰さん……」

「客を降ろして帰ろうと思っていたのだが、少し時間に余裕があったので久しぶりに耕父の顔でも見ようと寄り道をしてみたのだ」

燭陰は照れ臭そうに耳の裏をかく。

「決してお前たちを待っていたわけではない」

王弁と吉良は顔を見合わせ、ほっと息をつく。

「では燭陰さま、われらも丁度耕父さまのところへ参る道中でございます。よろしければご同道いたしたく」

「許可しよう」

重々しく頷いた燭陰は吉良のたてがみをくちびるで挟むと、王弁と童子たちともども軽々とその背中に放り投げた。

「では行くぞ」

燭陰が再び咆哮を上げる。

周囲の光が震えたかと思うと衝撃が走り、一瞬にして加速した燭陰は光の渦の中へと繰り込んだ。

「これは……」

気が付けば、王弁の周囲には無数の王弁がいる。

砂遊びをする幼い姿。部屋の中で閉じこもっている少年の姿。酒場で酔ってくたばっている数年前までの姿。そして旅に出ている最近の姿……。それらが幻影のように浮かんでは消える。

「あまりの速さは時空の壁すらも薄くしてしまうのだ。私にも何とか出せる速度ではあるが、一瞬で莫大《ばくだい》な力を使ってしまう」

王弁が飛んでいかないよう裾《すそ》を踏みながら、吉良がつぶやいた。燭陰はほぼ一刻《いっとき》の間、光の渦の中を飛び続け、やがて鼻先にその光を集め始めた。

先ほど現れた幻は消え、王弁の周りには黒い壁のような闇《やみ》が立ちこめる。時折、稲妻に似た青白い光と激しい振動が燭陰の巨体を揺り動かす。

「時の壁ぎわを長時間飛ぶのは危険だ」

吉良は気がかりな様子で言う。

「時の壁の向こうには取り返すことの出来ない己の過去がある。もしそこに取り込まれてしまったら、もう誰とも話すことは叶《かな》わず、誰に触れることも叶わぬ。ただ無数に現れる己の幻影に取り囲まれて永遠の時間を過ごすのだ」

王弁は背中に寒気が走って体を震わせた。

「さあ、燭陰の真の力が解放されるぞ。この古の神は時空の壁を破り、遥《はる》かな地へと一瞬で達するのだ」

吉良は燭陰の中で高まりゆく力を感じ、総毛を逆立てている。嵐《あらし》の海よりもさらに激しく、闇がうねっているのが見えた。吉良のたてがみに顔を埋《うず》めるようにしながら、燭陰の鼻先が正視出来ぬほどの光芒《こうぼう》を放って闇に突き立てられるのを確かに見た。

耳元に雷が落ちるような音が立て続けに耳を突き刺し、思わず目と耳をふさいだ王弁が次に目を開くと、周囲にはまたたく光が点在する、先ほどまでの星の海が広がっていた。

「ううむ。やはり上には上がいるものだ」

吉良は感に堪えないといった表情で、穏やかに口を開いた。

「主どのから見れば、私も燭陰さまも無限に速く見えるだろう。だが私よりも遥かに速い存在などいくらでもいる」

「信じられない……」

「主どのには司馬承禎どのと僕僕先生の力の差がわかるか」

「いや、まったく」

二人は王弁から見れば等しく常識外れの術力を持った仙人だ。

「しかし司馬承禎どのは先生を深く敬っている。それは、司馬どのから見れば礼を執るにふさわしいだけの力量の違いがあるからなのだ」

「じゃあ先生よりもっと凄《すご》い仙人がいるの」

「そうだな……」

吉良はしばらく考え込む。

「やはり先生よりも遥かに力の優れた者がいるのかもしれんな。それは私にもわからない領域だ」

二人がそんな話をしている間に、燭陰は一つの光に近付いていく。城市のようだった。ただ、王弁たちが滞在したそれよりもはるかに小さな球形をしており、燭陰が出入りできるような巨大な門もない。

「ちょっと下りてくれないか」

燭陰の言葉に従って、王弁たちはその背中から離れる。十分距離をとったことを確認した燭陰は、ぐるりと体を翻《ひるがえ》すと、一人の老人へと姿を変えた。古ぼけた甲冑《かっちゅう》に身を固め、魚骨槍《ぎょこつそう》を小脇《こわき》に挟んでいる。

「あれが燭陰さんの正体」

「正体ではない。神仙の正体は魂魄《こんぱく》にある。目に見える形はその一部分でしかないのだ」

と吉良に諭《さと》される。

燭陰の格好は、くたびれた老将軍、といった趣《おもむき》だった。身の丈は七尺はありそうな長身を赤銅色《しゃくどういろ》の甲冑が覆《おお》っている。しかしその顔には老いと疲れが浮かんでいた。落ち窪《くぼ》んだ眼と骨ばった鼻以外は、枯れ草色をした髯《ひげ》で隠されている。

「さあ、行くか」

しゃがれた、小さな声である。

「驚いたか。あのでかい図体だと、わしのしなびた様子もごまかせるのだが、こういう姿になってしまうと底が知れてしまうわい」

と燭陰は苦笑した。

「そんなこと、ありませんけど……」

王弁の下手な慰めに、照れた時の癖なのか燭陰は耳の後ろをかりかりとかいた。その指の半ばがないことに気付いて、王弁は息を呑《の》んだ。

「若者よ、おぬし、戦場に行ったことはないのか」

「な、ないです」

「そうか。それは素晴らしいことだ。実に素晴らしい」

しばらく瞑目《めいもく》した燭陰は、王弁たちを先導してその城市へと入っていった。

そこには甲虫姿の官吏もおらず、閑散《かんさん》としていた。見た目は燭陰のいた街とあまり変わりない。中空に浮かぶ島に住居や建物が立ち並び、それぞれの島は管のようなもので繋《つな》がれている。だが、そこを行き来する人影は少なく、それぞれの島をつなぐ管道も細い。

「静かですね」

「くたばりぞこないが群がり集まって住むところだからな」

「くたばりぞこない？」

「ああ、死を望む者、死が近い者が自分で、もしくは厄介払いされて来るところじゃ。お前のいるところの呼び名では、さしずめ姥捨《うばす》て山といったところかのう」

燭陰は王弁たちを先導しながら、ふふんと小さく笑った。

時折出会う者も虚《うつ》ろな目を前に向け、精気を失った顔でふらふらと進んでいる。街全体が澱《よど》んだ空気に包まれているような不快感があった。

「耕父に会う前にもう一度言っておくが、やつに会ったとしてもおぬしたちの期待には添えないかも知れないぞ。魃のことはわしらの間では禁忌になっておる」

「それでも構いませんか。何も手を打たないよりはましですから」

王弁の言葉に頷《うなず》いた燭陰は、一つの小さな島に降り立った。

かつては畑であったのだろうか、雑草が繁茂している一角があり、その向こうに朽ちかけた小屋が建っていた。

「こんなところに？」

「古《いにしえ》の神だったら宮殿に住んでいそうなものかも知れんが、わしだって今では駅馬のようなことを生業《なりわい》にしているのだ。あやつが、あばら家に住んでいてもおかしくあるまい」

燭陰は自嘲《じちょう》するように言って、扉を開けた。

小屋の中は薄暗く、王弁は目が慣れるまでしばらくかかった。だが、その中に見るべきものなど何もなく、ただ中央に揺り椅子《いす》が一脚あり、そこに老人が座っているだけであった。

「耕父、耕父よ」

燭陰が呼びかけるが答えはない。王弁も前に回り、その老人を見て瞠目《どうもく》した。白目をむき、口を開けて背もたれに体を預けている。左目の周りから額にかけて、何かで殴られたようなむごい古傷があった。

「し、死んでる……」

「いや、死んではおらぬ」

「でも」

呼吸はしておらず、鼓動を示す胸の微《かす》かな震えもない。王弁の見たところでは、この老人は死んでいる。

「耕父。わしじゃ。戦友の燭陰が六百年ぶりに会いに来たぞ。起きろ」

口を老人の耳元につけて繰り返し呼ぶが、それでも反応がない。

「しゃあないのう」

燭陰はごそごそと懐《ふところ》をまさぐる。しかし探し物はなかなか見つからないようで、身をよじってあちこち手を突っ込んでいる。

「あの……」

王弁は何を探しているのか訊《たず》ねた。

「ああ、こやつの好きな行軍曲があってな。それを吹いてやると、こいつはご機嫌なんじゃ。今回も、こういうこともあろうかと持ってきたつもりだったんじゃが」

鎧《よろい》も脱ぎ捨てて探し続けながら、燭陰は答える。

「あの、もしかしてこれですか」

王弁は燭陰の住処《すみか》で見つけた古ぼけた哨吶《ラッパ》を差し出した。

「おお、これじゃよ！　鱗《うろこ》の間にでも挟まっておったか」

「いえ、お家《うち》にお忘れでした」

燭陰は何やら小声で言い訳をしながらばりばりと激しく耳の後ろをかくと、哨吶の吹き口にくちびるをあてて、息を吹き込んだ。だが哨吶はうんともすんとも音が出ない。

「おかしいのう」

すかすかと息だけが漏れる哨吶を見て、王弁は代わりに吹きましょうと引き取った。だが得意芸のはずの哨吶が音も出さず、ぽきりと折れて地に落ちる。

「わしのお宝をこわしおった。六百年ぶりに吹いてやろうとしたのに」

「六百年もほったらかしにしたからでしょ。埃《ほこり》かぶってましたよ」

王弁は燭陰の苦情に構わず、折れた哨吶を拾い上げた。耕父は白目をむいたままである。

「腐ってしもうたのだな」

と燭陰は頭を抱えた。

「主《あるじ》どの」

見かねた吉良が王弁の袖《そで》を引く。

「燭陰さん、俺も似たようなの持ってるんですけど」

王弁は頷いて懐から自分の哨吶を取り出すと、燭陰は目を丸くして驚いた。

「おぬし、これをどこで？」

「どこでって、この童子たちの主人、司馬承禎さんにいただいたんです」

「司馬承禎……聞いたことないのう」

と燭陰は首を捻《ひね》るが、

「まあいいわい。おぬし、ちょっと吹いてみてくれるか」

「俺、大昔の神さまが聴いていた曲なんて知らないですよ」

「そういえばわしも忘れてしもうたわい。古い哨吶の音が出たところで無駄なことじゃったのう」

と燭陰が犬歯しか残ってない口を開けて笑ったので王弁は力が抜けてしまった。だが行軍曲など知らない彼も、曲調さえわかれば何とかなる。

「景気のいい曲をやればいいんですね？」

王弁は燭陰が頷いたのを確認するや息を一杯に吸い込み、力いっぱい吹き鳴らす。

二人の勇ましい神さまが若い力をみなぎらせて先陣を切る様子を思い浮かべつつ奏

する。

初めの旋律が耕父へと届いた時、死んだように見えていた体がびくんと撥《は》ねた。快調な調べがその体を包み込むに従って枯れ木のようであった手足が動きだし、やがて立ち上がって掛け声と共に踊りださんばかりとなった。

「ま、待て待て。もうお腹《なか》いっぱいだわい」

同じく手足を舞わせながら王弁の前に来た燭陰は止《や》めるよう頼んだ。王弁がふと気付くと、耕父が腰を押さえてうずくまっている。

「あいたた……」

王弁はあわてて哨吶をしまい、耕父に駆け寄った。

「す、すみません。大丈夫ですか」

「こやつ、わしが去ってから六百年、ずっと座ったままでいたと見える。いきなり激しく舞ったりしたものだから腰が抜けとるわ」

そう言う燭陰も肩で息をつき、腰をさすっていた。

王弁は慌《あわ》てて耕父を助け起こし、椅子に座らせた。既に瞳《ひとみ》には光がもどり、意識はしっかりしている。だが椅子に座らされてきょろきょろと辺りを見回すと、

「……おんしたちは誰ぞ」

と実にゆったりとした口調で訊《き》いた。

「わしじゃ」

先ほどの勢いがうそのようにじれったいほどゆっくりと首を回した耕父は、燭陰の顔を見てもしばらく誰だか思い出せないようだった。

息詰まる時間が過ぎ、耕父の皺《しわ》に囲まれた瞳に涙が溢《あふ》れた。

「おお、おお、古き友よ」

そう言って双腕を伸ばす。

「よく来た、よく来た」

燭陰も涙を浮かべて抱擁《ほうよう》を返す。

「しかしおんし、この前来たばかりじゃなかったかのう」

耕父の言葉に、燭陰は実に六百年ぶりであることを告げる。

「六百年！」

耕父は体を起こしかけて、いたた、とまた腰を押さえた。

「そんなにもわしは眠っておったのか……。いや、それでよいのだ。六百年もの時間を、呆《ほう》けて過ごすことが出来た」

しばらく瞑目《めいもく》していた耕父は王弁の方へと顔を向け、

「その若者は？」

と訊ねた。

「この者はわざわざ遠方より、わしらを訪ねて来てくれた奇特な男じゃ」

「わしらを訪ね……。それは珍しい。して、何用かな。わしも燭陰も老いて久しい。おんしの役には立てぬかも知れんがのう」

一方の王弁は、これならすぐに話がつきそうだと希望を抱く。だが王弁の話を聞くうちに、耕父の瞼《まぶた》はみるみる落ちて、終わる頃には完全に閉じてしまった。

「あの、聞いてます？」

「……聞いておる」

耕父はわずかに瞼を開き、

「その名を聞くのであれば、眠っていた方がよかったわい。おんしがそんな哨吶を吹き鳴らすものだから、調子に乗って目を覚ましてしもうた」

老人は椅子の上でくちびるを歪《ゆが》める。

「すべてが終わった時、わしは己に誓った。勇ましき旋律に二度と踊らされることはすまい。きらめく未来に二度と目を惑わされることはすまい、とな。天地の片隅に隠れ住んで幾千劫《いくせんごう》、再び魃の名を耳にしようとは」

耕父は腰をさすりながらゆっくりと立ち上がる。その背中に燭陰が、

「だが今この時に、再びその名を聞くとは、またわしらも逃れ得ぬ縁分《えんぶん》の中で生きているということなのかも知れぬ」

と言葉をかける。

「ああ」

「わしが眠り続けていた理由、おんしも知らぬわけではあるまい」

燭陰は表情を曇らせて頷く。

「起きていれば、忌《い》まわしい記憶が頭の中で無限に繰り返される。過ぎ去った時間の奥に押し込めてある暗闇《くらやみ》が顔を出す」

「そういうことよ」

耕父は瞼を閉じたが眠ろうとしているわけではない。その証拠に、口の中で何やらぶつぶつと呟《つぶや》いていた。それは経文のように抑揚を持ち、長く続く。

「共に戦い、そして散っていった者たちの名前だ」

燭陰が王弁にささやく。

「魃とはどのような者か、おんしは知っておるのか」

「知ってますよ。一人ぼっちで峰の頂にいる、さびしい女神です」

耕父は顔をしかめて首を振る。

「何をたぶらかされておるのか知らんが、あやつはそのように生優しいものではない」

「それはもう燭陰さんに聞きました」

旱《ひでり》の力でこの世の全《すべ》てを乾かし、生き物だけではなく山も川も殺す最悪最凶の神だ。人から聞く魃の姿と自分が知る魃の姿を重ねることが、王弁にはどうしても出来ない。

「耕父よ」

燭陰は耕父の肩に手を置く。

「しかしそれはわしらも同じではないか」

「何？」

と老いた神は戦友を見上げた。

「一人を殺されれば、二人を殺した。その報復に四人殺されれば、我らは八人を殺した。そんな戦いの中で、わしもおぬしも生き延びてきたのではないか」

「違う！」

耕父は震える指を戦友に突きつけた。

「わしらには大義《たいぎ》があった。正義があった」

その声は小さく、震えている。燭陰は穏かな表情で静かに友を見下ろしている。耕父はしばし燭陰を睨《にら》みつけていたが、やがてがっくりと肩を落とした。

「おんしの言う通りよ。戦いにどれほどの前口上があろうと、することは殺し合いじゃ。敵も味方も関係ない。わしとてそれくらいのことはわかる。だが魃の凶悪さは群を抜いておった。あれは戦いに勝つための力ではない。あらゆるものを滅ぼすためだけにある力。黄帝も気が狂ったと思ったものじゃ。そんな者を生み出したばかりに、いまだにこうやって世間に害を為《な》す」

王弁にはやはり、二人の言葉はいま一つ実感を持って伝わってこない。そんな彼の表情を見て、燭陰は悲しげに首を振った。

「我らが経てきたこと、知らぬ者に言ってもわからぬ」

ふと王弁は、魃と話している時に感じた遠さを思い出した。互いに話したいのに、どこかすれ違ってしまう。そんなわびしい感覚だ。

「時が過ぎるほど記憶は朽ち果てていく。そして天地に時は巡り、誰も過去にあったことを思い起こそうともせぬ。だから我らは口をつぐみ、従容《しょうよう》と封じられていった。ある者はわしのように眠り、ある者は燭陰のように何かに没頭することで忘れようとした」

耕父は重たそうな瞼を上げて王弁を見つめ、

「わしらが忘れようとしていること、思い出さずにいようとしていることを、おんしは蘇《よみがえ》らせろというのか。それはわしらにとってあまりに酷なことだと、何ゆえわからぬ。それに燭陰、戦友でわしの心を一番わかってくれているおんしが、このような者を連れてくるとは、いよいよぼけてきおったか」

燭陰は耕父の咎《とが》めるような口調に逡巡《しゅんじゅん》するように、小屋の中を歩き回った。

「では魃の封印が解け、力が暴走し、天地が乾きの中で死んでいってもいいとおぬしは思うのか」

「それはわしらの関わることではない。わしらの戦いはもう、終わった。終わったんじゃよ」

耕父は疲れたような口調である。

「わしの三十六の魂と、全てを押し流す洪水の力、そして天地開闢《かいびゃく》以来の全てを記憶した知能をもってしても、魃の乾きには歯も立たなんだ。それどころか、わが同胞たちの多くは魃とその仲間に無残に喰われていきおったわい」

そこでぐっと言葉に詰まると、目じりを押さえた。

「わしは信じておった。我らの正義が勝つと。我らの大義が勝利と共に天地を覆《おお》い尽くし、永遠の楽土がそこにあると」

　耕父の肩が小刻みに震えている。

「人の死は惨《むご》いというが、戦での死はまた格別惨い。刺され、斬《き》られ、射られ、殴られ、死んでいく。では不死の神々の戦いは、どのように勝敗をつけるか知っておるか」

　人の死ですらわずかにしか知らない王弁には想像もつかない。黙っている王弁を見て、耕父はため息をついた。

「神はお前たちから見れば、不滅に見えるであろう。だがそうではない」

「神さまが死ぬんですか？」

　王弁にすれば、それが驚きだった。

「人のように心の臓が止まったり肉体がなくなれば死ぬ、というわけにはいかぬ。神が死ぬ時は、その存在が魂魄《こんぱく》ごと抹消されなければならない。だが神仙の魂魄を消し去れるような力を持った者はわずかであり、また、消される者には非常な苦痛が伴う」

　耕父が痛ましげに首を振った。燭陰が言葉を継ぐ。

「神が神を殺す場合にはとてつもない労力を必要とする。だからこそ、神同士の戦での勝敗は人の戦いとは違った帰結を迎える。それが相手を封じたり、もう一つは……」

そこで燭陰は口ごもった。

「相手を喰らうことよ」

耕父が続ける。

「その意識があるままに喰らい、魂魄を取り込む。取り込まれた魂魄は長い時間の中で溶け果て、消える。それも神の死、と言えんこともないのう」

何かを思い出したのか、耕父は呻《うめ》いた。

「そしてわが同胞たちの魂魄をもっとも食らったのが」

「もしかして……魃ですか」

二人の老いた神は頷《うなず》く。

「やつは何人もの友を喰らった。皮を裂き、臓腑《ぞうふ》を引きちぎり、四肢をもぎ……」

「うそだ！」

王弁は思わず叫ぶ。

「うそではない」

耕父の声は静かだった。

「魃は乾きによって全ての命を奪う。そして神といえども、その乾きの中では自由に動けない。その機を捉《とら》えて姿を現した魃が魂魄に手を伸ばす」

王弁は耳をふさいでしまった。

この老いた神々は、魃を助ける手段の手がかりを自分に教えたくないがために、うそをついている。そう考えるしかなかった。

「無理もない」

燭陰は優しく王弁の背中を撫《な》でた。

「自らが目にしたものだけを信じたくなるのは人の性《さが》じゃ。お前はどういうわけか、わしらの知らない魃を見ておる。たぶらかされているのかそれが真の姿なのかはわしらにはわからぬ。だがわしらも人と同じく、見てきたものを信じるしかないのじゃ。魃のことをより深く知りたくば、耕父の持つ魂の一つに蔵された古《いにしえ》の記憶に目を通すがよい」

「古の記憶?」

「何故《なぜ》魃がこれほど忌まれるのか。そしてやっと戦ったわしらが、どうして今このように苦しむ破目になっているのか、そこに答えがあるだろう」

王弁は激しく首を振った。

「い、いやです。話を聞くだけでも気持ち悪いのに、実際に見たら頭おかしくなっちゃいますよ」

耕父と燭陰は肩をすくめる。だが、燭陰は思い直したように王弁に詰め寄った。

「そうか。それも仕方あるまい。だが本当の魃の姿を知らずして、やつを容《い》れる場所など、見つからないのではないのか。助けたいと思う相手から目を逸《そ》らして、何が出来るというのだ」

「燭陰」

やめておけ、と耕父が止める。

「当事者の我らでさえも目を逸らしているものを、関わりのない者に見せるのも酷だ。気がふれるのが関の山。見ないということもまたこの若者の選んだ道であろう」

耕父は王弁の方に向き直る。

「魃のことでは力になれず、すまなかったな。だがな、久しぶりにわしを訪ねてくれる者がいて、こうやって言葉を交わせたことは嬉《うれ》しかった。おんしのように腹中に何も企《たくら》みなく、ただ魃を憐《あわ》れに思って、ただ己の目指す何かのためだけにはるばる老兵のもとに来る。そんな人間がもう少しだけでもいてくれれば、わしらの心は癒《いや》されるのかもしれんな」

そう言って、瞼を閉じた。そして燭陰がどれほど呼びかけても、もうその瞼は開かなかった。

「次に目を醒《さ》ますのは何百年後かのう」

燭陰はあきらめて小屋を出る。王弁も悄然《しょうぜん》とその後に続いた。

「魃を容れる神も場も、ないんじゃ。神々のうちで魃を食らうことの出来る力を持った者は一人としておらぬし、ただ一人封じる力を持った神はあの最後の戦いの後、魃を封じることと引き換えに己の力も封じてどこかで眠りについたという」

「最後の戦い？」

王弁が訊《たず》ねる。

「そうじゃ。耕父のあの記憶が語る戦いじゃ」

ますます気落ちする王弁を憐れむように見守りながらも、燭陰はなお言い募《つの》る。

「わしらの力が盛んな頃であればそれなりにやり合えたかも知れぬが、たとえ戦えたとしても、周囲何万里もの土地が消えてなくなるほどの被害が出る。そんなことは望んでおらぬのだろう」

「ええ……」

結局、見ているだけに終わるのか、と王弁は己の無力さを悲しんだ。

古い記憶を見ることすら避けて、諦《あきら》めるというのか。だからと言って、吐き気のするような戦場だとわかっていながら見る気にはどうしてもなれない……。

「さあ、帰ろう。わしもあまり勝手な動きをしては、罰を食らうわい。あの仕事、なかなか監視も厳しいのでな」

そしてしなびた老人からもとの長大な妖異《ようい》の姿に戻り、背中に乗れと促《うなが》してくる。

「あまり気にするな。諦めるしかないではないか」

吉良が珍しく王弁を慰めた。

「旅人の特権が一つある。見たいものだけを見ればいい。旅人はよそ者なのだから、誰かの苦悩を背負う必要もない。そして、誰もそんな旅人を責めることは出来ないのだ」

そんな吉良の静かな声が、なおさら王弁の胸に刺さった。

「苗の国の災難も、言ってみれば他人のことなのだ。いずれは旅の思い出の、ごく一部分となって記憶の海にまぎれていくことだろう。それでいいではないか。もしかしたら、先生が何とかしてくれるかもしれない。我らは手を尽くした。それで十分だ」

慰められても、ちっとも嬉しくなかった。

「いつもなら鼻で笑うくせに、どうして今回はそういう言い方するんだよ」

吉良はしばらく答えなかった。

「俺が耕父さんの記憶を見たくないと言った時にも黙っていたよね。いつもなら行けって言いそうなものなのに」

「ああ、私は何も言わなかった」

吉良は王弁の顔を見ないまま言葉を返す。

「主《あるじ》どのが魃を知り、彼女を容れるべき場所を考え付かないことには峰麓どころか天地が干上がってしまうというのに、何も言えなかった」

ふと王弁は、吉良の背中に触れている手のひらが濡《ぬ》れていることに気付いた。

「汗、かいてるの？」

よほど力を使わないかぎり息も切らさない天馬が、ただ語るだけで汗をかいている。

「私の本能が、私すら知らない意識の奥底が、魃について知ることを恐れている。拒否していると言ってもいい」

「吉良が怖いものを、俺が見られるわけないよ」

ほっとするような気持ちと口惜《くや》しい気持ちが、胸の中に浮かんでは消えた。

耕父のいる城市は見る間に遠くなっていった。前方の光は次々と近づいて白ら光る恒星の荒々しい大気と、その光に照らされる城市の様子を見せては、後方に流れ去って小さな光へと変わっていく。

このまま帰れば、きっと先生が何とかしてくれる。

でも先生と魃が出会えばどうなるんだろう。王弁はふと気になった。僕僕ほどの仙人であれば峰西に来てあの旱《ひでり》を見るなり、魃がいると気付いたはずだ。なのに、何もしなかったし、何も言わなかった。

「先生にも触りたくないものや、見たくないものがあるのかな」

「私では測りかねる。だが、燭陰や耕父のようなとてつもなく古い神にすら、振り返りたくないものがあるのだ。先生にそのようなものがあっても不思議ではない」

僕僕が峰西の人々を見捨ててどこかへ行ったとは思いたくないが、僕僕にとって峰西の運命と自分が見たくないもののどちらが優《まさ》るのか、王弁にもやはりわからない。

さらにいくつもの光が背後へ飛び去っていく間、王弁はじっと考え込んでいた。そして、

「吉良、俺、耕父さんのところに戻るよ」

と告げた。

「どうした。忘れ物か」

「違うよ。見に行くんだ」

「何を」

「耕父さんたちが見たものだよ」

「本気で言っているのか」

「あの、必死で決心したんだから揺さぶらないでくれる？」

と言ったものだから、下で聞いていた燭陰がぷっと吹き出した。

「臆病《おくびょう》なのか勇敢なのか、さっぱりわからん男だな」

「めちゃくちゃ怖いですよ」

よう言った、と燭陰が誉《ほ》めた。

「恐怖を知らぬ者は一番に死ぬ。だが恐怖を知った上で先頭に立とうという勇者こそが、戦場を作るのだ。そしてそういう男が隊にいる以上、他の者は全力で支援する。これは戦場の鉄則だ」

燭陰はぐるりと頭《こうべ》を廻《めぐ》らす。

「天馬吉良よ、お前には主を守りきる覚悟があるか」

「当然です。鞍上《あんじょう》を委《ゆだ》ねた者が決めた以上、異論を唱えることはしない。そして何が起ころうと、必ず無事に帰らせることがわが使命」

「よし」

燭陰は先ほど以上の速さで耕父の城市へと飛び、頭を突っ込もうとする。

「ちょっと燭陰さん、そのままだと城市が壊れますよ！」

「ほいしまった」

慌《あわ》てて老将軍の姿となった燭陰は、耳の後ろをかりかりとかいた。

小屋の中で、耕父はやはり白目をむいて意識を失っている。

「友よ、ついにこの若者がその気になってくれたぞ。起きんか」

だが耕父は気を失ったままである。

「とぼけたやつめ、こうしてくれる！」

燭陰は何を思ったか、いきなり拳《こぶし》を振り上げ、耕父の頭を殴りつけようとした。だがそこに耕父の姿はなく、彼らは無数の耕父の幻に取り囲まれていた。

腰を抜かす王弁と身構える吉良の周りを、この城市に来て初めて、童子たちがはしゃいで回っている。燭陰は一人落ち着いて、にやりと笑った。

「水の力を自在に操り、己が姿を無限に増やす術。そのどれもが実であり虚でもある。耕父よ、これも戦場では実に役に立ったな」

「相変わらずの乱暴者め。そんなことだから、首に封印の鎖をはめられるのだわ」

どこからともなく耕父の応じる声がした。燭陰は迷わず一つの影に近づき、抱擁《ほうよう》する。だがそれは霧と消えた。

「昔のおんしだったら一瞬で本物を見分けたであろうに」

いかにも楽しげな笑い声と共に、数十あった耕父の姿は一つに収斂《しゅうれん》した。

「完全に目が醒めおったか」

「業《ごう》とは恐ろしいもの。魃との戦いは凄惨《せいさん》で思い出したくもない記憶だ。だがわが人生のもっとも栄光に満ちた瞬間も、命を分け合った友も、みなそこにいる。最高を反《はん》芻《すう》するのであれば最悪も味わわねばならぬのが辛《つら》いところよ」

耕父は立ち上がると、部屋の隅に転がっていた戸棚を起こし、引き出しを開けた。そこから装飾もなにもない、黒い鋼《はがね》で出来た小箱を取り出した。

「わしは忌《い》まわしい記憶を全《すべ》て吐き出して、ここに封じた」

「そんな器用なことが出来たのか」

燭陰は羨《うらや》ましそうに訊ねる。

「いや、輝かしい記憶だけを残そうと助平心を出したら、やっぱり忘れたい記憶の方も残ってしもうた。おんしの顔を忘れないのも、魃のことを憶《おぼ》えているのもその証左よ。じゃがな、ともかく胸の内をどこかに向けて吐き出したという事実そのものが、しばしわしを慰めたものじゃわ」

耕父はそう言いながら、小箱を王弁に差し出した。

「ここにわしの知る魃の姿が全て入っておる」

「あの、この箱何だか生きているみたいなんですけど……」

王弁は小さな箱を気味悪げに見下ろした。拍動《はくどう》している上に、よく見ると箱のふたのへりから牙《きば》らしきものも見えている。

「おお、これはいかん。わしがあまりにも深い悲しみと苦しみの念を吐き出したために、生を持ってしまったようじゃ。だが心配はいらん」

耕父は着ているぼろぼろの衣の裾《すそ》から一本の糸をほどき、王弁の手首に巻きつけ、ふっと息を吹きかけた。そしてもう片方を自分たちに巻きつける。

「おんしが太古の記憶の中に泳いでいたとて、わしらと繫《つな》がっておる限り何があっても大丈夫じゃ。肝に銘じておけ。今からおんしが見るのは、あくまでもわしの〝記憶〟で実際ではない。決して取り込まれるでないぞ……」

そう耕父が最後まで言い終わる前に、箱が大きな口を開け、王弁を飲み込んでしまった。

「ほう、ここまでとは」

感心したように髯《ひげ》をしごく耕父を、吉良と燭陰がいぶかしげに見た。

「本当に主どのは大丈夫なんでしょうな」

「まあ、落ち着いて対処すれば……」

「万が一主どのに何かあったら許しませんぞ！」

吉良は激しく抗議する。

「まあ落ち着け」

燭陰が今にも耕父を蹴《け》り飛ばさん剣幕の吉良をなだめた。

「わしらはあの若者の勇を信じたのじゃ。戦友の勇を疑うことは、絶対にやってはならぬ。今はただ待とう」

激しく鼻を鳴らして、吉良は黙り込むしかなかった。

五

かつて水と緑に満ちていた峰は乾いた岩山と化し、美しく整えられていた棚田は枯れ果てて魔神が住む宮殿への階段のように凄《すさ》まじいありさまと成り果てた。

峰西《ほうせい》を率いる王、藍地《らんち》銀《ぎん》は、宮殿の王の間から潤《うるお》いを失った故郷を見まわしつつくちびるを嚙《か》む。

峰西と峰東《ほうとう》の話し合いは難航しながらも、ようやく妥結の糸口が見えてきた。

(じれったい)

峰を再び水と緑で満たす。そのためには、神への祈りも大切だが、自分たちで何と

かせねばならぬこともわかっていた。峰西の人々は自然に遍《あまね》く神を敬い畏《おそ》れながら、営々と山を切り開いてきたのだ。

自らが働かねば、一粒の米も一羽の兎《うさぎ》も得られない。

そう幼い頃から教え込まれてきた者の集まりである。このまま座して乾き死ぬことなど、ありえなかった。

藍地銀の頭には、二つの策があった。

一つはこの地を捨てることだ。苗《ミャオ》の民はもともと北からやってきた。北のどこかまでは藍地銀も知らない。ただ、神代に北でとてつもない大戦があり、それに敗れたため、この地に移り住んだと聞いている。

だが、藍地銀の何十代も前からこの峰麓《ほうろく》に住み着いて、流浪《るろう》の記憶を受け継いでいる者とていない。それに峰麓の外にそびえる豊かな山々も今は無主ではなく、誰かの所有物となっている。新たに国を拓《ひら》くとなれば争いは避けられない。新たな天地を見つけるために、どれほどの苦難が待ち受けていることか。

それに先祖代々からの言い伝えでは、決してこの峰を捨ててはならぬとされている。この命題に従うと誓うことが、峰麓を束ねる者の第一条件であった。

そしてもう一つの策が、大工事をもって峰に水を蘇《よみがえ》らせることであった。

人を峰の頂に派して調査した結果、六合峰《ろくごうほう》の水脈は何らかの原因で涸《か》れてしまったことが明らかになった。だが六合峰の周囲十数里から離れたところで、不思議なことに乾きの拡大は止まっている。そして止まった先ではこれまでどおり、豊かな水と緑が大地を覆《おお》っている。

その水と緑を、外から六合峰に持ってくるのだ。

(色々と文句をつけおって……)

藍地銀はその工事への協力を、峰東の王、朱火鉄《しゅかてつ》に依頼した。彼の息子、茶風森《ちゃふうしん》は、娘の水晶《すいしょう》の導神《どうしん》として共に山に登った。そのはなむけの宴以来の再会である。つまり峰西と峰東の公式な顔合わせは十二年に一度しかない。

「人手を出してやるのは構わないが、はっきりさせておきたい」

苦々しさを隠しもせず、峰東の王朱火鉄は峰西王の宮殿に現れた。息子が水晶と出奔《しゅっぽん》して以来体調を崩していると藍地銀は聞いていたが、朱火鉄の顔は存外《ぞんがい》血色もよく、声にも張りがある。

「此度《こたび》のこと、一体誰に咎《とが》があるのか。当然、息子をそそのかして峰の神の怒りを買うきっかけを作った、お前の娘に責めがある」

「それはどうか」

藍地銀もそこは黙っていられない。

「峰から姿を消したのは、わが娘だけではない。お前の息子も一緒にいなくなったではないか。どうしてわが娘だけに咎があると言い切ることが出来る」

「わが息子は自ら志願して、峰の守りとなった勇敢な男だ。それが逃げ出すなどありえない」

「わしだって娘を務めから逃げ出すような臆病者《おくびょうもの》に育てた憶《おぼ》えはないわ」

とにらみ合いになる。

だがこの口論は、いささか藍地銀に不利であった。朱火鉄は、水晶には一度しか会ったことがないはずなのに、こう言ったのではないか、ああいうことをしたのではないか、とぴしぴし言い当ててくる。

(うちの娘と同じく、こやつのところにも息子が帰ってきておるのだな)

とぴんと来たが、そのようなことは言えるはずもない。彼は奇妙な蚕の姿に変わり果てて帰った娘から、どのような経緯で二人が峰から逃げたのか、おおよそを聞いて知っていた。驚き嘆いたが、起こったことは仕方ないと開き直って峰東王を招いたのだ。

「なるほど、朱火鉄どのの推察は大したものだ」

あくまでも平静を装《よそお》って、藍地銀は言葉を返す。

「峰の神しかご覧になっておられないことを、ここまで詳細に述べ立てるとは、さすがに峰東の王にふさわしいご慧眼《けいがん》」

皮肉を言われ、朱火鉄はくちびるをへの字に曲げる。

「そのご慧眼を信じるとして、わが娘に罪があったとしよう。それをどう証明して下さる。確かな証《あかし》があればこの藍地銀、地にひれ伏してあなたに許しを請《こ》いましょう」

そう言われると、朱火鉄も言葉に詰まる。

「まあいい。今は過ぎたことでごたごたしている場合ではない。この地に水と緑が戻ったら、改めて話をつければいいことだ」

「さよう。峰麓はもう瀕死《ひんし》だ」

二人の王は互いに不信を抱きながらも、手立てを話し合う。

峰西では総力を挙げて準備が進められている。枯れた木を切り倒して樋《ひ》を作り、女たちが力を合わせて織った布で補強したものを繋《つな》いで、六合峰から十数里離れた山上にある湖へと通す。山肌を切り開いた水路は旱《ひでり》が始まる前にほぼ出来上がっていたのが幸いした。

「水を売って豊かになるつもりがこんなことになるとは。それもこれも……」

朱火鉄が再び文句を言い掛けるのを、

「文句は後でいくらでも聞く」

と藍地銀は黙らせる。

「あのあたりは湖畔苗の国があったはずだが」

「水と緑が戻れば山を一つ譲ることで話をつけてきた」

「お前、そこまでやるのか……」

朱火鉄は驚いて身を反らした。急斜面に棚田を開く苦労は並大抵ではない。そうして開かれた水田は、峰西の人々にとって子供に等しい宝である。

「このまま旱に居座られたら、どの道わしらは全滅だ。山一つで水が戻るなら、惜しくはない」

「……わかった。そちらの本気を見せてもらったのなら仕方あるまい。ではわしも一つ、取って置きの話をせねばなるまい」

朱火鉄は懐《ふところ》から絹で作られた数枚の布を取り出した。そこには絵図が描いてあり、その周囲には何かを示す記号なのか、藍地銀の見たことのない文様で覆い尽くされている。

「これは?」

「わが峰東の宝物殿に代々伝えられてきた、絵図面だ。峰東には、われらの使命を言い伝えるある口上と、国が危機に瀕した時にだけ開くことを許された秘宝がある」

「ほほう」

藍地銀は興味深く、その絹布《けんぷ》に見入った。

受け継がれている言葉はおそらく、西も東も同じだろうと藍地銀は考えていた。簡単に言えば、何があっても峰を捨ててはならぬ、という先祖代々伝わる聖なる遺命だ。だから藍地銀も朱火鉄も、頭では移住も考えながら口に出さないのだ。

だがこのような絹布は初めて見た。

(こやつが帰ったら我が家の蔵も漁《あさ》ってみるか)

東にあって西にないのは口惜《くや》しいものだ。

「で、これには何と書いてある」

「おそらく、峰の神をここに封じた手順が書いてあるように思う」

朱火鉄の説明によれば、極端に簡略化されたそれぞれの文字が、神や人々、そして道具や儀式に対応しているようだという。

「この度々出てくる不気味な子供のような図案。これが峰の神なのではないか。禍々《まがまが》しく、人々を喰らっているさまが描かれている」

藍地銀が覗《のぞ》き込むと、確かに繰り返し描かれている一つの小さな絵がある。その絵を中心に災いは湧《わ》き起こり、人々は吸い込まれて喰われているようにも見える。

「遥《はる》かな昔、六合峰にやって来たわれらの父祖たちは神に祈り、知恵を絞って考えた。その結果がこれだろう」

朱火鉄の指した先には龍《りゅう》と人々が反撃に出て、逃げ惑う旱の神が描かれていた。人々の後ろで龍が舞い、龍の口から水流が放たれ、乾きの神を追い詰めている。

「しかし龍などどこにいるのだ」

藍地銀が首を傾《かし》げると、朱火鉄もわからぬと唸《うな》る。

「やはり祈るしかないのか」

「……いや、違う。我らは龍を探し、水の力を自らのものにしなければならん」

藍地銀はどんと床を叩《たた》いた。

「龍の力は水の力だ。それを以《も》って乾きの神を封じるというが、峰麓にまだ龍の力は残っているのか」

朱火鉄の言葉に、藍地銀は残っているはずだ、と力を込めて応《こた》えた。

「一つ気になる点がある。峰の頂から注がれているように見える水、これはどこから引いておるのだ」

「ここにこそ龍の手掛かりがあるのではないか」

二人の王は顔を見合わせて唸った。


耕父《こうふ》の箱に飲み込まれて意識を失った王弁は、地面に落ちた痛みで目を醒《さ》ました。はっとなって手首を確かめると、飲まれる前に耕父が衣から引き出して結んでくれた糸が、遠く空へと伸びている。

そこは見渡す限りの草原だった。

風が強く吹き、膝《ひざ》まである柔らかく丈の長い草が波打っている。

そう思いながら立ち上がる足元には、雲を吐く草履がある。歩を進めようとするとたちまち雲を呼んで、王弁の体は宙に浮いた。

王弁はゆっくりと高度を上げ、どこにいるのか把握しようと試みた。

静かな草原の上には、ぼんやりと暗い太陽が九つ浮かんでいる。幻のように揺らめきながら、巨大な獣がのしのしと視界の彼方《かなた》へと消えていった。

その獣が去った方角で、何かが光った。数瞬遅れて、腹に響く轟音《ごうおん》が届く。

何が起こっているのか確かめようと、王弁は光と音のした方へと近づいていった。

草原はゆるやかに起伏し、大きな丘を越えたところで、王弁の足は止まる。何千何万とも見える無数の人々と、数十の巨大な異形の者が突進してぶつかり合っている。

「せ、戦争してる？」

実際の戦場を見たことのない王弁は、ごくりと唾《つば》を呑《の》む。

その光景に目を奪われていた彼は、美しいと思っている自分に気付いて驚いた。数百人の人が一塊となって、猛禽《もうきん》のように巨大な妖異《ようい》へと襲い掛かる。すると襲い掛かられた側の異形の数人から反撃の閃光《せんこう》が放たれ、その塊は砕け散って消え去った。

王弁の距離からは、音も叫び声も聞こえてこない。

ただこれが人間だけの戦場でないことは、方々で起こる雷や竜巻、そして爆発で見て取れた。それすらも、花火のようにきらめいて美しい。

惹《ひ》き付けられるように、王弁はその戦場の真上へと近づいていく。

不意に彼の耳元を掠《かす》める甲高い音に、思わず身をすくめる。光線が、一つの集団をさっと横切ると、閃光と共に数百人の命が消え去った。

もう美しいとは思えない。

人間たちと戦っている異形の集団の中には、吉良《きら》によく似た巨馬もいれば、燭陰《しょくいん》のような大蛇とも龍とも見える怪物もいた。そしてどれもが傷つきながら、目を血走らせて眼前の人間たちと殺し合っている。

戦場の一角に、雷光がひときわ頻繁に走っている場所があった。

王弁はそこに向かおうとするも、激しい光と轟音に妨げられて近づけない。ふと彼は、戦場には似つかわしくない香りを嗅《か》いだ気がした。

（杏《あんず》の香りだ……）

花の類《たぐい》は見えない。なのに、ふわりと甘く懐《なつ》かしい香りが鼻腔《びこう》をくすぐるのである。こんなところに先生がいるわけないし、と王弁は頭を振って先を急ぐ。

雷光の合間から微《かす》かに見える光景に、彼は目を凝らした。

王弁がいる草原地帯の左右にはなだらかで広大な斜面を持つ丘陵が向かいあっており、一方には整然と並んだ人間の大軍勢。そしてもう一方は、一見ばらばらな、しかしそれぞれに凄《すさ》まじい力を秘めているらしき妖異たちが居並んでいた。

王弁は何とか雲を踏んで高度を上げようとするが、大地を流れる鮮血から立ち上る瘴気《しょうき》に囚《とら》われたように、次第に高度を下げていく。

吐き気を抑えながら、王弁は一方の丘陵へと移動した。そこには、まだ戦場に出されていない怪物たちが粛然《しゅくぜん》として武器を伏せ、出撃を待っている。

その中心に、一人の小柄な老人が五色の輝きを放つ雲の上に端坐《たんざ》して、穏やかな表情で戦況を見つめている。

ようやく王弁の草履は高度を上げ始め、怪物たちの陣営から相手方の陣営を望めるようになった。すると、遠くから見ていた時には五分に見えていた戦況が、どうやら一方に傾きつつあることが見て取れた。

攻勢に立っているのは異形の軍であるらしく、数十人からなる軍勢で、圧倒的多数の人間たちを押し包んでいた。だが勝利は間近と見えるのに、本陣では誰もが言葉を発せず、ただおのおのの武器を小脇《こわき》に抱えて静かに立っている。

それが王弁には気味悪く見えて、仕方がなかった。

人目につかないように、と考えて、自分が誰の目にも留まっていないことを思い出す。これは耕父の記憶であって、実際ではないのだ。彼は少し大胆になって、陣の中心部へと雲を進める。その途中で、見知った顔を見つけた。

「耕父さんだ……」

近づいていくと、その堂々たる風格に王弁は圧倒される。

体の大きさこそ周囲の者に劣るが、薄鋼《うすはがね》の甲冑《かっちゅう》は九つの陽光を照り返して眩《まぶ》しく、三十六の美しい紅蓮《ぐれん》の炎が体を取り巻いている。その両手には六尺の槍《やり》が握られ、石像のような平静さで戦局を見守っていた。

そこへ先程の雲に乗った老人がゆっくりと近づいていく。

「炎帝陛下」

その気配に気づいた耕父はさっと膝をついた。どうやらこの老人が、耕父たちの総大将らしい。

「立つのだ、友よ」

恭《うやうや》しく一度頭を下げ、耕父は立ち上がる。

「勝利は間もなくですぞ」

その弾んだような言葉にも、炎帝は穏やかな表情を崩さない。

「兄弟で争うなど、たとえ勝ったとしてもわしに世界の王たる資格はない」

「何を気弱なことを。それでは何のために仲間たちが倒れてきたのか」

耕父は声を励ました。

「陛下も、そして弟君たる黄帝も、それぞれ信じるところに従って軍を挙げられた。我らは自由と混沌《こんとん》の中に暮らすことを望み、黄帝の掲げる規律と秩序の世界を衰退への道と考えたのです。陛下はわれらが共に理想とする天地の姿を約束された。だから命を賭《か》けて戦っているのですよ」

「わかっているとも。理想の天地はもう目の前にある」

相手の総大将は〝黄帝〟と呼ばれているようだ。炎帝と黄帝の兄弟が、この天地のあるべき姿をめぐって争っているのだと王弁は知る。

健闘を、と耕父の肩を叩いて老人は奥へとさがった。

耕父は微かにため息をついて主君の後ろ姿を見送ると、気を取り直したように自分の頬を叩いた。そして王弁に気付くことなく、ひっきりなしに入ってくる斥候《せっこう》の報告を受けて、てきぱきと指示を下し続ける。

「首尾はどうか」

「既に六割が損耗《そんもう》。戦線が崩壊するのは時間の問題かと思われます」

「あの雷娘は？」

「見事な働きぶり。敵を寄せ付けません」

満足げに頷《うなず》いた耕父はすぐに表情を引き締めた。

「気を抜くな。相手は天地の半ばを占拠する大悪神。苦し紛れに必ずや奇策を講じてくるはず」

と部下を戒める。

「次の攻撃を総攻撃とし、決着をつける。一刻《いっとき》後を予定」

耕父は身の緊張をはぐすように、一つ大きく息をついた。人とあまりにも違う怪異な姿の将兵たちが耕父の指示を待っている。

「燭陰のやつもさぞ武者震いしているのだろうな」

にやりと笑って、耕父は幕僚の男に語りかけた。

「我慢しきれず、陣の上を飛び回っておられます」

「あの元気者、戦いが始まる前に疲れなければよいが」

苦笑いを浮かべ、そして上空を眺める。つられて王弁も上空を見た。すると、見覚えのある長大な体が大空を覆《おお》うがごとくに舞っている。

その姿は確かに燭陰のものであったが、王弁が見ていたそれに、さらに数倍するほど大きかった。耕父も、老人ではなく背筋もしゃんと伸びた若者である。

耕父が自ら封じた記憶であることは間違いなさそうであった。

だがこれは、封じるにはあまりにも輝かしい勝利の記憶であるように、王弁には思えた。王弁は戸惑いながらも、戦場の真《ま》っ只中《ただなか》を避けつつ、もう片方の陣へと近づいていく。

それでも、いやでも戦場の音は聞こえてくる。喚声《かんせい》も悲鳴も、武器が体を貫き、骨を砕く音さえも容赦なく耳に入る。耕父たちと戦っている者たちの多くが王弁と変わらぬ姿をしているだけに、殺戮《さつりく》の情景は余計に残酷なものに映る。

耳をふさぎ、目を閉じて先を急ぐ。最前線を過ぎれば、風景は多少ましになった。ただ、耕父側の陣営と違うのは、敗色濃いこちらの陣営の空気は暗く重いことだ。黄帝陣営は数こそ多いものの、誰もが傷つき、俯《うつむ》いている。戦場など見たことのない王弁にも勝敗は明らかであった。

二つの陣営の様子はまるで違っていた。部隊の並び方、将兵が持っている武器、そして、炎帝側は全体的な数は少ないが怪物が主力であるのに対し、黄帝側は大部分が人間で構成されているところも対照的である。

掲げている旗の色も違った。炎帝側が紅、黄帝側が、黄色である。その黄色い旗の多くは、破れ、血に汚れていた。

軍勢の一番奥まったところ、全《すべ》ての残存部隊が守るように取り囲んでいる一角が本陣のようであった。

王弁はそこへと近づいていく。

傷だらけの兵が本陣へ飛び込んで行っては、増援を求めてことされる。そのたびに、数人の兵が死体を無表情に片付けていく。

本陣の中心には祠《ほこら》のようなものがあり、立派な甲冑を身につけた将軍たちが取り囲むように座っている。皆、堂々とした容貌《ようぼう》ではあるが、やはりその外見は人にほぼ変わりない。

「黄帝陛下」

一人の将が、祠に向かって膝をつく。

「撤退の指示をお出しください。このままでは全滅は必至。ここで枕《まくら》を並べて討ち死にしてしまえば、われらの宿願は果たされることなくこの天地から消えてしまうでしょう」

王弁は祠の中を覗《のぞ》きこむ。黄色く光る大きな目が王弁をじろりと見たような気がして、慌《あわ》てて離れる。

「けた違いの威力を持ったあの雷光……。奴《やつ》ら、禁じ手を使いおった」

別の将が吐き捨てるように言う。

「この天地を統《す》べる者を決めるという大切な戦いに、その天地ごと滅ぼしかねない力を投入するとは何事だ」

同意と怒りを表明する声が四方から上がる。

「西王母《せいおうぼ》さまに訴えて罰してもらおう」

と誰かが立ち上がって叫ぶ。だが、祠の手前に立っているひときわ長身で立ち姿の美しい男が、静まれ、と一喝した

「この戦は我らに委《ゆだ》ねられたもの。どのような手段をとろうと、最後に立っていた者が勝ち、膝を屈した者が敗者なのだ。敵方に滅びの雷光を放つ新たな神が誕生したことに気付けなかったのは、我らが失策だとわからんのか」

一同は気まずそうに黙り込む。

「では宰相《さいしょう》どのには何か策がおありなのですか」

祠の前に諸将は詰め寄る。だが宰相と呼ばれた男は手を振って下がらせ、にやりと笑った。

「我らが黄帝陛下に逆らうものは、これより真の恐怖を味わうことになるだろう。真の破壊、真の絶望、真の虚無を生む力をもって、怨敵《おんてき》を無に帰してくれる」

祠の中にいる人物が何も言わないのが、王弁には不思議だった。

「陛下、許可を」

宰相が膝をつき、祠の中にいるらしき主君に請《こ》う。だが答えはなく、一同の上に沈黙がのしかかるのみであった。膝をついている彼は微かに舌打ちしたように見えた。

「陛下、敵は己の意を通すために、越えてはならない一線を越えたのです。相手の無法を認め、こちらが情をかけては敗北すること必至。我らは秩序ある天地を求めて陛下のもとに集まったのです。天地をも滅ぼす力まで解放するような無法を許してはなりません」

王弁はもう一度祠の中を覗きこむ。その中にいる人物は、あまり偉そうには見えなかった。俯いて、頭を抱えているようだった。

「は！　承りました！」

祠の中から返事があったようには見えなかった。だが、男はことさらに勢いよく頷いて諸将に向き直る。

「皆の者、いま陛下の命が下った。敵の非道に対抗するために、我々もあえて鬼となろう」

祠の外で大音声《だいおんじょう》が上がり、ついであちこちで万歳と和する声が響いた。驚いた王弁が陣の内を見ると、将たちが慌《あわただ》しく出陣の準備をしている。王弁はどうなっているのかわからず祠の中の人物を見る。すると、彼も驚いたように立ち上がっていた。そして、今さらながら祠の外へ何かを命じようとしてためらい、あきらめたようにがっくりと腰を下ろした。

何が起こるのか、と王弁は本陣から離れ、高度をとる。

黄帝の諸将が自部隊に戻る中、王弁は周囲の者より頭一つ高い宰相の背中を追った。彼は陣から離れたところで地を蹴《け》り、すさまじい速さで飛んでいく。

危うく見失う、というところで不意に速度を落とした彼は着地した。そこには百人程度の小部隊が忙しく立ち回っており、その中心には石の社がある。

様子をうかがっていると、宰相が周囲に、

「準備はどうか」

と訊《たず》ねた。素早く数人の男が駆け寄ってきて、何やら報告していく。王弁には聞いたことのない言葉ばかりで、最後に付け足す、「準備完了いたしました」の部分しか意味が分からない。

何の準備が完了したのだろうか、と石造りの建物に近付く。

さらに近付くと、石造りに見えたその建物の柱といわず屋根といわず、血管らしいものが縦横に走っていて、青黒い血液も巡っている。

壁は少し透けて見えるようになっていて、中には黒い影が映っている。赤ん坊のように手足を丸め、ゆったりと漂っている。その前に立った宰相は満足そうに頷いた。

「ついにこの時が来た……。これで天地は救われる」

影の前で複雑な印を結び、聞いたことのない呪《じゅ》を唱えた。涼やかな声に乗せられながらもその響きは禍々《まがまが》しく、王弁の耳に不快さを残した。

「さあ、目覚めておくれお嬢さん。陛下の憎悪《ぞうお》を一身に蔵したその力を見せておくれ」

宰相の言葉に応じるように、社の壁にひびが入る。

血管が怒張し、ひびを拡大させる。土煙りと共に社が崩れ、古木の枝ほどに肥大した青黒い血管に覆われた、奇怪な繭《まゆ》が姿を現した。

王弁はそこから立ち上る瘴気《しょうき》にえずきかけ、慌てて口を押さえる。耐え難い臭《にお》いがあたりに充満し、駐屯《ちゅうとん》していた小部隊の隊士たちは喉元《のどもと》をかきむしりながら倒れていった。

ただ一人、宰相だけが笑みを浮かべてその様を見詰めている。

「さあ、立て。偉大なる秩序を作り上げる前に、究極の破壊が必要だ。それが出来るのはお嬢さん、あんただけだ」

宰相の声が合図であったかのように、極限まで膨らんだ血管が爆発する。

粘り気の高そうな黒い血にまみれながら、宰相は高笑いした。血煙の向こうに、小さな人影が見える。

やせ細った体に、ぼさぼさの長い髪、そして見る者が息を呑《の》むような歪《ゆが》んだ顔の持ち主を、王弁は知っていた。

「魃《ばつ》……」

俯いていた魃が、すっと顔を上げた。きいん、と耳を切り裂く音と共に辺りを覆っていた血煙が乾き、視界が晴れる。そして倒れていた隊士たちの死体も、一瞬にして乾燥して風に消えた。

「素晴らしい。素晴らしいぞ！」

宰相は手を打って喜ぶ。

「ささ、すぐに陛下にお目どおりを願い、お前の名をつけていただこう」

魃の手を取った宰相は自らの手が砂のように朽ちていくのを見て小躍りし、さらに嬉《うれ》しそうに頷いた。

「触れるな、ということですか。さすがは高貴なる黄帝陛下のお血筋」

一見、普通の人間と変わらない宰相は、やはり只者《ただもの》ではないらしい。失われたように見えた手はすぐに元に戻っていた。

「しかし友軍もこのままではあなたに近づくことすら出来ない」

そう言って宰相は、細く美しい組み紐《ひも》を魃へと差し出した。

「これをつけていれば、敵だけを滅ぼし、あなたは永遠に愛され、崇敬され続けるでありましょう」

魃はかさついた指でその紐を摑《つか》み、手首に巻きつける。

(あれは……)

王弁は六合峰で魃の手首に巻きつく古ぼけた紐を見ていた。

(そうだ! 魃はこのせいで封じられてしまったと言っていた)

はっと王弁は目を見開く。その紐は魃の力を抑え、自由を奪う物だ。宰相はうそを言っている。そのことを魃に伝えようとしても、声は届かない。

黄帝の陣営では、諸将が驚きと恐れの眼差《まなざ》しで、宰相が連れてきた魃を見る。まだ衣すら羽織っていない裸の女神に、飼葉《かいば》を入れておく麻袋ようなみすぼらしい麻の布切れが衣として与えられた。

「陛下、お嬢さまをお連れいたしました」

宰相は欣然《きんぜん》と声を張り、魃をお披露目する。

「憎き敵はこれで全滅間違いなし。陛下、この偉大なる女神に名をお与えください」

魃はぽつねんと立っている。その表情は髪に隠れて見えないが、王弁はその眼差しがまっすぐに祠の中へと向けられているように思えた。

祠の中の黄帝は、しばらく黙っていた。そしてふいごから吹き出すような声で、

「大いなる災厄、魃と名付ける……」

魃の肩が一度大きく震える。

「陛下！」

その時、一人の将校が駆け込んできた。

「敵全軍、動き始めました」

「あの雷光を操る女は」

すぐさま側近の一人が訊《き》く。

「先頭に立っています」

「ふん、先に一線を越えたのはそちらだからな。勝利の夢が束《つか》の間《ま》であったことを思い知るがいい。魃さま、今こそ憎き敵を痛めつけ、恐怖と絶望の中で滅ぼして下さいませ」

魃を連れてきた宰相が魃に声をかける。

魃は戦場へと振り返り、ゆっくりと宙に浮く。本陣を高みから眺めていた王弁と彼女の高度が同じになった。その時、風がさっと吹いて、魃の髪を吹き流した。王弁は魃が泣いているのを。確かに見た。

「やめようよ……」

王弁は思わず声をかけてしまう。この戦いの後、魃はその身を封じられることになり、燭陰や耕父は辛《つら》い戦いの記憶に押しつぶされて長い年月を過ごすことになるのだ。

だが傍観者でしかない王弁の声が届くはずもない。

魃は進んでいく。王弁は思わず大声を上げて、彼女を呼び止めていた。一瞬、振り返りかけたように見えた魃だったが、すぐに戦場へと向かっていった。

戦場では、黄帝側の部隊は全滅の危機に瀕《ひん》していた。

炎帝軍の先頭に立っている女神は凛《りん》と胸を張って敵陣を見据え、攻め寄せようとする部隊に向かって巨大な剣を振るう。自分の体ほどもある剣を女神が軽々と振るうたびに、天を震わす雷鳴が轟《とどろ》いて敵陣を襲う。

その横顔に、王弁は釘付《くぎづ》けとなった。邪《よこしま》な気持ちで見られることを拒むような高貴さと、目を逸《そ》らさずにはいられない艶《つや》がそこにあった。修羅《しゅら》の戦場にいるというのに、その女神から甘い香りが漂ってくる。

(杏《あんず》の香り……)

だが彼は、女神と対峙《たいじ》する部隊から聞こえた断末魔の悲鳴に我に返った。

女神の剣から光が一閃《いっせん》するたびに、こちらの部隊が一つ消滅していく。黄帝がこもる山も、その激しい雷光を受けて、半ば崩れかかっていた。

その光に続いて、炎帝側の神々が粛々《しゅくしゅく》と攻めかかってくる。どの顔も勝利の確信に満ち、黄帝の軍勢を追いまくっていた。

魃は乱戦の真っただ中に降り立った。

「こんな戦場に子供が……」

とその手を取って戦場から引き出そうとした炎帝側の心優しき兵が一人、一瞬にして粉となって消える。それを目《ま》の当たりにした周囲の者たちは動揺する間もなく、多くの命が乾いて消えた。

魃の猛威はそれだけではなかった。乾くだけで消滅しない者がいる時は、そのひび割れた腕を伸ばし、ばりばりと喰らうのである。

身体《からだ》の破片をまき散らし、悲鳴を上げながら兵士たちが喰われていくのを見て、王弁は嘔吐《おうと》を我慢できなくなる。激しくえずきながら、それでも懸命に目の前の光景を記憶に焼きつけようと努めた。頭の中で骨の砕ける乾いた音が響き渡る。

彼が目をそらせなかったのは、魃が相手を滅ぼすほどに、喰らうほどに、その表情の哀《かな》しみを深めていくからであった。

「魃！」

近づいてその肩を摑もうとしても、王弁の手は空振りを続けるばかり。

やがて、炎帝陣営の先頭に立っていた美しき女神が、魃の姿に気付いて動きを止めた。

二人の女神が対峙《たいじ》する。

入り乱れてぶつかり合っていた両軍も、今は動きを止めて二人を注視していた。それまで喧騒《けんそう》と絶叫と剣戟《けんげき》の音が支配していた戦場を静寂《せいじゃく》が覆《おお》っていく。

双方の陣から二人の神を鼓舞《こぶ》するように勇壮な軍楽が流れてきた。太鼓、銅鑼《どら》、笛の合奏の最後に聞こえてきたのは、王弁に馴染《なじ》みのある音色だった。風を切り裂くような高い音色が戦場にこだまする。

「哨吶《ラッパ》が……」

魃の髪が逆立ち、哨吶の音に呼応するように波打った。先ほどまでの悲しげな表情は一切消え、空気を震わせるほどの活力がその矮軀《わいく》から放たれる。

魃が雷光の女神へと突進した。

恐怖と共に、奇妙な物悲しさが王弁の胸を満たす。

「やめようよ、お願いだから」

届かないとわかっていても、王弁は口に出さずにはいられなかった。

「何になるんだよ、こんなことして」

顔を覆い、膝《ひざ》をつく。頭の上で、雷鳴と嵐《あらし》の音が響き続ける。いつ果てるともない激突音が、不意に止《や》んだ。

としていた。

魃の姿は変わらず宙にある。そしてその手は相手の首をつかみ、今にもへし折ろう
美しくなめらかな髪が、風になびいている。

女神の危機を見てとった炎帝側の勇者が、何人も魃に喚《おめ》きかかる。ある者は剣で、ある者は矢で、ある者は術を使って魃の手をその娘から離させようとするが、全《すべ》てが乾いた砂となって消えた。

「さあ、お嬢さま、最後の仕上げを」

黄帝の本陣で戦況を見守っていた宰相が場違いに明るい声で命じ、魃の目がかっと見開かれた。

魃の力は敵を圧倒した。もう誰かの命を奪う光は放たれず、轟音《ごうおん》も起こらない。誰の体も傷つかず、砕かれない。だが、それまで局面を圧倒していた炎帝の兵たちが見る間に消えていく。

紅の炎帝旗で覆われていた大地がぐらりと揺らぎ、黄帝側が反転攻勢に出た。魃に力を奪われた炎帝側の生き残りも次々に討たれて倒れていく。

「殺せ！　滅ぼせ！」

誰もが叫び、これまでの鬱憤《うっぷん》を晴らすように殺戮《さつりく》に狂った。

四半刻《しはんとき》も経《た》たないうちに形勢は一変し、魃を先頭とする黄帝軍は、炎帝側の本陣を包囲した。

「出て来い炎帝。その首を我らに授《さず》けよ」

黄帝の幕僚たちが口々に叫ぶ。

既に炎帝側の兵力は壊滅し、その本陣を守るのは百人に満たない異形の者たちのみであった。追いつめられた燭陰と耕父の姿もそこにある。

「そのような災厄を産み出しおって。自分たちが何をしているのかわかっているのか！」

燭陰が叫ぶ。

「どの口で言っているのだ。全てを滅ぼす雷光の女神によって、禁忌を先に破ったのはそちらであろうが」

黄帝の幕僚の一人が激しく言い返した。

「手こずらせおって。仲間たちの仇《かたき》を討ってくれる」

諸将が魃に、いまだ手の中にあった雷光の女神に止《とど》めを刺すよう請《こ》う。魃は無表情なまま女神の体を差し上げ、その手に力をこめた。

抵抗する気力もないのか、女神の四肢はだらりと垂れ下がる。力なく閉じた瞳《ひとみ》と少し開いたくちびるに、こんな時なのに王弁は魅入《みい》ってしまう。

ぞくり、と背筋に悪寒《おかん》が走る。

「まずはこいつからだ」

宰相が優雅な身振りで魃に合図を送ると、骨が軋《きし》む音が静けさを取り戻した戦場に響く。

「やめろ！」

燭陰が雄叫《おたけ》びを上げて魃に襲い掛かる。

王弁はどちらを応援していいのかわからず、ただ見ている。轟々と気を滾《たぎ》らせる燭陰に対して、魃はただそこにいるだけだ。だが燭陰の放つ毒気も火炎も、絶対の乾燥に吸い込まれて魃には届かない。

そして不意に、猛《たけ》り狂っていた燭陰の動きが止まった。燭陰の喉元に魃の左腕が突き立っているのを王弁は目にした。

天地を圧する絶叫が燭陰の口から絞り出される。腕が突き込まれた場所から、血液とも髄液とも見分けがつきがたい液体が、激しく吹き出して風に流れた。

「貴様！」

耕父が燭陰を助けようと挑みかかるが、すぐさま魃の小さな拳《こぶし》がその顔面を砕いた。

「ほほ、魃さまは神の魂魄《こんぱく》ですら簡単に滅ぼしなさる」

宰相は手を打って喜ぶ。

「さあ、この天地に不要なものたちを消し去ってしまいましょう。この二人だけでなく、我らに敵対した全てに制裁を」

魃の体が一瞬大きく膨らんだ。六合峰の周囲を襲っている旱《ひでり》とは比べ物にならない災厄が、この天地を覆おうとしている。魃を知っている王弁は何も出来ない自分に苛《いら》立《だ》った。

もう目を背けることしか出来ない。

「待て」

とその時、声がかかった。決して大きくない。穏やかにすら聞こえる言葉とともに、一人の老人が炎帝の陣から進み出てきた。

身に寸鉄《すんてつ》も帯びずに魃の前に立つ。

「滅ぼされるのは私、炎帝一人でよい」

そう言って、炎帝は魃のはるか後ろ、黄帝の本陣に浮かぶ祠《ほこら》に目をやった。

本陣で彩雲に乗っていた時と同じように、柔かな表情だ。天地の支配を争う荒くれた神にはとても見えなかった。

「兄弟よ、もう終わりにしないか」

そう声をかける。

「我らは敗北した。だがあまりにも長き戦いの中、我らが天地も大きく傷ついた。互いの故地は滅び、草も芽吹かず虫も鳴かず、獣も走らず鳥も飛ばぬ天地に何の意味があろう」

「兄弟よ」

炎帝の呼びかけに対し、黄帝の陰々とした声が祠の中から応《こた》える。

「我らは互いに踏み越えてはならぬ一線を越えて、天地を争った。その責めは我ら兄弟で負うのだ」

お待ちください、と黄帝の宰相が論外だと言わんばかりに口を挟んだ。

「悪いのはこやつらではないですか。我らの立てた秩序を踏みにじり、戦いを挑み、あまつさえ天地を滅ぼしかねない力をも解放して危機を作り出した。どれほど重い罰を下しても足りない。さあ、魃さま、やつらを」

「黙るがよい」

黄帝は宰相を大喝《だいかつ》した。そして炎帝を許し、共に天地を再生させてゆく、と宣言した。

「何故《なぜ》理解せぬ、我が赤子たちよ。我らだけでは天地は全きものとはならぬ。我ら兄弟が争っていては、このように天地を傷つけることにしかならぬ。戦いは終わった。許そうではないか」

　それでも黄帝側の将士に頷《うなず》く者はいない。だが炎帝はその様子を見ても、穏かな表情を崩さなかった。

「あまりにも長く激しい戦いであった。贄《にえ》を捧《ささ》げねば終わりを迎えることは出来まいよ」

　炎帝は両腕に二人の神を捕えた魃を見て、

「憐《あわ》れな子よ、せめて天地が甦《よみがえ》るきっかけとなることで、人々に愛されんことを」

と呟《つぶや》いた。宙へと浮かび、魃の前に立つ。魃の顔がたちまち憎悪《ぞうお》と恐怖に包まれた。

燭陰と雷光の女神を振り落とすと、甲高い悲鳴をあげて炎帝の首をわしづかみにする。

「そうだ。わたしは無限の粒子となって万物に混じり、命の廻《めぐ》りを永遠に後押しし続けよう。そして生き残ったわが赤子たちも、兄弟の天地を支える助けとすることで、この争乱を贖《あがな》うとしよう」

　その言葉が終わると同時に、炎帝の輪郭はぼやけ、ぱっと散華《さんげ》した。やがて天地全体がきらきらとした曙光《しょこう》に覆われ、暁の清らかさが広がっていく。

地に倒れ伏した燭陰や耕父たち炎帝軍、そして雷光の女神も炎帝の残した輝く光に包まれて何処《どこ》かに姿を消した。

勝利に酔う黄帝側の将士はみな陣に戻って祝宴を張り、喜びの歌はいつ果てるともなく戦場に響き渡る。王弁は虚《むな》しさに似た気持ちの中で、ぼんやりとその様子を眺めていた。

だがそこで終わりではなかった。黄帝陣営の中心に三つの影がある。

祠の中にいる黄帝と魃を目覚めさせた宰相の前に、縛《いまし》めに組み伏せられた魃が膝をついている。そのくちびるは怒りに歪《ゆが》み、瞳は紅に燃え上がっていた。

敵の戦う気力すらも霧消させた魃は、最大の功労者のはずであった。だが、今の様子は罪人のようである。

「よう働いた」

祠の中から響く黄帝の声に喜びはない。

「この勝利はお前の功績だ。だが、お前を世に出したことはわが過《あやま》ちであり、お前の力は平和を取り戻した天地には災厄をもたらすだろう」

「そういうわけで魃さまには眠っていただきます」

酷薄《こくはく》な顔で魃に近付いた宰相は、手首に結ばれた組み紐《ひも》の両端を持ち、ゆっくりと締め上げた。魃の口から、聞く者の魂を凍りつかせるような叫び声が響き、のた打ち回る。

「魂を堅く縛り上げ、その力が出ないようにして、永久に人との交わりをお断ちいただくのが良いかと」

宰相の言葉に、黄帝は小さな声で承諾を与える。

「きさま……」

魃はそこで初めて声を上げた。

「きさまが求めたから、わしが生まれたのに」

恨みに満ちた軋んだ声だ。

「ですから陛下が不要と判断されたのですから、ご退場いただくのです」

魃は一際《ひときわ》大きく吼《ほ》える。その小さな体から無数の燐光《りんこう》が弾《はじ》け飛び、四方へと飛ぶ。

「このバケモノ、旱の災厄を天地に撒《ま》き散らすつもりか！」

宰相はさらに力を加えて組み紐を締める。魃は最後の力を振り絞り、宰相の喉《のど》を締め上げようとしたが、やがて力を失って地面へと崩れ落ちる。

王弁の意識も悲鳴を上げながら、光の中で溶けていく。手首に結わえられた糸が自分を釣り上げるのを感じたのが、最後であった。

ぐったりと体が重い。暗く重い海水の中を漂っているようだった。

燭陰と耕父は繰り返し言ってくれた。目に見える光景は、過去の記憶でしかない。王弁も懸命に自分にそう言い聞かせた。

彼とて史書を少しは読んだことがある。戦の描写などいくらもあった。ほんの一行の中で数万人が死んでいくことなど、いくらでもあったことを知っている。

だが言葉の羅列で読むのと実際に見るのとでは、あまりにも違った。

朦朧《もうろう》とした意識の中で、黄帝と炎帝という古《いにしえ》の王二人が繰り広げた大戦を振り返る。王弁が見たのは、その戦いの中でも最終局面であったようだ。戦局を圧倒的に有利に運んでいた炎帝側に対して、黄帝は奥の手を出した。

それが魃であった。

全てを乾燥させて消滅させ、神の魂ですら喰らう最も凶悪な女神。燭陰も耕父も、彼女の前では全く無力に退けられた。燭陰は魂を半ば握りつぶされ、それを止めようとした耕父の肉体は半ば砕け散った。

それ以上に、間近で見た戦いの記憶それ自体が、残酷に過ぎた。兵たちは雄たけびを上げて殺し合い、神の力を持つ者は相手を封じようとする。

思い出すだけで、王弁は吐き気に襲われる。

魃がどのような女神であったのかは、はっきりとわかった。残念ながら、王弁が見た寂しげで放っておけない少女がもともとの姿ではないようだった。燭陰や耕父が思い出すのも嫌がるほどの、残酷な神であったことは間違いない。

その事実に、王弁は目がくらむ思いだった。せっかく魃のことをよく知る古の神に会い、その記憶にまで触れることが出来たというのに、彼女の力になる方法の手掛かりすら見つからなかった。

ただ、どうにもならない、ということが確認できただけだ。

「……主《あるじ》どの、主どの！」

耳元で懐《なつ》かしい声が呼んでいる。その声に向かって王弁は泳ぐ。周囲が暖かい光に包まれ始めた。やがて水面に顔を出したように明るい場所へとたどり着く。ふと気がつくと、目の前に愛馬の姿があった。

「吉良？」

「おお、良かった。中々起きてこないから、危うく耕父どのを蹴飛《けと》ばすところだった」

童子たちが心配げにぺちぺちと王弁の頬を叩《たた》いている。まだぼんやりとしている王弁の顔を、吉良たち三人がのぞきこむ。燭陰と耕父はもとの老いた姿へと戻っている。

「見てきたか」

燭陰が訊《たず》ねる。王弁は白くくたびれた髯《ひげ》に覆《おお》われた顔を見上げた。あんなことがあれば、それは過去を思い出したくもなくなるだろう。

「本当に、大変だったんですね」

としか言いようがない。王弁は体を起こし、耕父が出してくれたお茶を口に含みながら、そんなありきたりの言葉でしか労《ねぎら》えない自分を恥じた。

「今から思い起こせば、大変だったの一言じゃがな」

耕父は小さくため息をついた。

「わしも久しぶりに見たわ。忘れよう忘れようとして、実際半ば忘れておったから、おんしの目を通して隅から隅まで見ることが出来て良かったような気もするわい」

老いた神たちの表情は冴《さ》えない。

「わしらの感慨はともかく、おんしはこれで、二人の魃を知ったわけじゃ。生まれてきた頃の魃と、そして現在の魃の姿をな。それで、おんしは何か手がかりを得ることが出来たのか」

「正直、わかりませんでした……」

力なく答える王弁に、燭陰たちは顔を見合わせた。

「それも無理もないことよ」

「最終的に天地を治めることになった黄帝ですら、魃のことは力ずくで封じるしかなかったのだ。おんしに彼女を救う手立てが見つからなかったとしても、誰も責めぬ」

燭陰と耕父は口々に王弁を慰めた。

「戦陣でも同じこと。人事を尽くし秘術をこらしても、どうにもならぬこともある。それを時の勢いという。魃の封印が解け、天地に大いなる災厄がもたらされようとしているのは、何か時の勢いが働いておるのじゃろうて」

燭陰は王弁たちに帰ろうかと促す。耕父もすっかり目が冴えてしまったのか、眠る様子もなく見送りに出てきた。

「そうじゃ」

耕父は王弁に、もう一度哨吶《ラッパ》を吹いてくれないかと頼んだ。

「戦など思い出したくもないが、攻めにかかるところで吹かれる哨吶の響きだけは好きでな。あれを聞くと胸が躍ったものよ」

先ほどは寝起きで、しっかり聞けなかったのだと言う。

「お安い御用です」

気分は晴れなかったが、耕父は過去を再現してくれた恩人だ。王弁は心を込めて、哨吶を派手に吹き鳴らした。

耕父と燭陰の頬に赤みがさし、小さく足踏みすらしている。

「うん、うん、やはりいいものじゃな。わしらの心をこれだけ震わせる哨吶を吹くのじゃ。何の力も感じられないおんしも、只者《ただもの》ではないのであろう」

耕父は丁寧に礼を言った。

「そう言えば魃の陣営でも、これを吹いている人がいました。総攻撃する時に、響き渡っていたような気がします」

「ああ、相手方にも哨吶の吹き手はいただろうな」

「魃も聞いてたんですね」

「どうだった？」

「気乗りしていない様子だったのが、急にやる気満々の顔になって」

燭陰は王弁の言葉を聞いて、急に腕組みをして考え込んだ。

「おぬしの哨吶で、魃の心を動かすことは出来ないか」

確かにこの哨吶は、不思議と神仙の心を動かす力を持っていた。やってみる価値はあるかもしれない。だが、この程度で魃が収まるなら、誰かがとうにやっていたのではないか。

王弁の胸には、自信がどうしても湧《わ》いてこない。

「心を動かすほどの吹き手がいなかった、と考えたいが、難しいかのう」

「いや、過去の記憶で得た収穫なのであれば、試す価値はあろう。忘れるでないぞ」

王弁は耕父に礼を言って、吉良の背に跨《また》がった。

「友よ」

耕父は燭陰の顔を両手で挟むようにして、瞳《ひとみ》の奥を見つめてから抱擁した。

「また来い、死にぞこない」

「ああ、生きていたらな」

「たまには顔を出せ。貴様といるとやはり楽しい。こんな気持ちは実に久しぶりじゃった」

「わしもじゃよ。またな」

老いた神たちの会話は何気ないものだった。だがかつての戦いを知った王弁だけに、それは胸に迫るものがあった。

そして最後に耕父は、王弁の手を強く握った。その指は燭陰と同じく半ば失われていたが、痛いほどに力強い。

「魃を、救ってやってくれ。やつもわしらと同じく、疲れ、傷ついているのだ」

王弁は深く頷いて吉良の腹を軽く蹴る。燭陰の背に吉良、童子たちと乗りながら、城市から出る際に王弁が後ろを振り向くと、耕父の姿は遥《はる》かに遠ざかってもうはっきりとは見えなかった。童子たちはその姿が視界から消えた後も、笑顔で手を振り続けていた。

六

帰途、時の壁を何度も破って飛び続けてくれた燭陰《しょくいん》に別れを告げ、道案内をしてくれた童子を帰すために、王弁は都に寄った。心は逸《はや》っていたが、司馬承禎《しばしょうてい》は都に王弁を留めたがった。

「大変興味深い。王弁くんは古き神々の記憶を見てきたのですな。ささ、私にもっとその時のお話を聞かせておくれ」

少年のように目をきらきらさせて迫ってくるので、王弁もむげには出来ない。そして話が一節終わるごとに、道士は感嘆のため息を漏らすのだった。

「古《いにしえ》の記録はほとんど失われ、残っているのは伝説の断片だけ。私も天地の成り立ちを研究しようと思い立ち、あちこち訪ね歩いてはみたが、燭陰や耕父《こうふ》と親しく言葉を交わすことはかなわなかった。何とも羨《うらや》ましい男ですよ」

扇を広げて誉《ほ》めそやす。

「普通のお爺《じい》さんでしたよ。昔は凄《すご》かったみたいですけど」

「ううむ……。それにしても魃《ばつ》の生まれた経緯は実に興味深い。黄帝軍が不利となって生み出された、というところまでは伝説に残っているが、炎帝軍にも同じようにけた違いの力を備えた兵器神がいたということか」

司馬承禎は腕組みをして考え込む。

「あの」

王弁はそろそろ峰西《ほうせい》に戻ってもいいかと訊《き》いた。

「もう行ってしまうのか。まだ訊きたいことも沢山あるのだが……」

実に名残惜しそうな顔をした司馬承禎であったが、吉良《きら》の怖い顔を見て、首を縮めた。

「これ以上引き止めると君の愛馬に蹴飛《けと》ばされそうだ」

とようやく解放することに同意する。

王弁はすぐに吉良の背に跨《またが》って辞去しようとした。

「ああ、そうだ」

司馬承禎が何かを思い出したかのように呼び止める。

「答えを出す時は、慎重にね。それは王弁くんだけじゃない。周囲の人も、先生もそうだ。みな最善だと思って力を尽くすんだろうけれど、それが最善の選択とは限らないんだ」

王弁は首を捻《ひね》る。

「どういうことですか？」

「どういうことだろうな。何せ言っている私自身がよくわかっていない。これは辻占《つじうら》のようだと思ってくれて構わない。ともかく、六合峰《ろくごうほう》のあたりはバラバラの方向を指し示す気が入り混じって濛々《もうもう》としている。一つの判断が局面を大きく変えてしまうかもしれない」

何が何やらわからないまま、王弁は司馬承禎に別れを告げた。

「急ごう」

吉良の首を叩《たた》くと、天馬は瞬《また》く間に大陸南西部の緑豊かな山地へと飛ぶ。

緑のうねりの中に、不自然な部分があった。丸く木々が禿《は》げ上がっている地域の中心こそが、王弁の目指す六合峰だ。

「……枯れている土地、大きくなっていない？」

「間違いなく広がっているな。主《あるじ》どの、魃は本当に力を抑えてくれているのか」

魃がうそをつくとは王弁には思えなかった。第一、魃が力を解き放っているのであれば、乾きの範囲はこんなものではすまないはずだ。

「それもそうだが……」

吉良は鼻を鳴らす。

魃は約束を守ってくれているんだ。王弁は彼女の胸中を考えると、暗澹《あんたん》たる気持ちになるしかなかった。峰から一時離れる際、王弁は二つの約束をした。必ず帰ってくることと、魃が安心して過ごせる場所を探してくること。

一つは果せた。

吉良や司馬承禎の力を借りて遥《はる》か彼方《かなた》にまで旅をして、そして帰ってきたのだから。

だが、魃を容《い》れてくれる場所も神も人も、見つけることが出来なかった。

「魃、がっかりするだろうなあ」

ため息をつく王弁を、吉良は慰めた。

「やるだけのことはやった。手がかりも見つけたではないか」

今回もきっと、この音色が魃の心をやわらげてくれるに違いない。そう思うしかない。

　この喇叭には節目ごとに助けてもらっている。吉良の背に初めてまたがった時も、この天地を産み出した絶対の無、渾沌《こんとん》の内部から抜け出した時も、そして広州で追っ手から逃れる時も、不思議な力を発揮してくれた。

　今回もきっと、この音色が魃の心をやわらげてくれるに違いない。そう思うしかない。

　吉良はゆっくりと高度を下げ、六合峰に近付いていく。墓碑の群れのごとく立ち枯れた木々と、崩れた棚田が輪郭を明らかにし始めた。

　山間に散らばる集落には歩き回る人の姿もない。

「人の気配がしない」

　一つの村落の上を通過した吉良が心配げにつぶやいた。

　やがて峰西の都が見えてきて、王弁はあっと声を上げる。砂煙が上がり、多くの人間が右往左往している。

「も、もしかして」

　耕父のところで見た戦いの情景が頭の中に甦《よみがえ》る。

「峰東《ほうとう》の人たちと戦争になってるんじゃ……」

だが吉良は冷静にそれを否定した。

「彼らの動きには規則性がある。何か作業でもしているのではないか」

忙しく動き回る人の連なりは峰西と峰東を繋《つな》ぎ、山の間を縫って隣の国にまで通じていた川の跡に沿って延びている。別の一団は、峰の一画に大穴を穿《うが》って土を掘り出している。

「何をしているんだろう」

「水脈を探して掘っているのか」

都の片隅に降り立ち、王弁は宿館に戻る。久しぶりに戻ってはみたが宿館は無人で、僕僕はもとより薄妃《はくひ》と劉欣《りゅうきん》の姿もない。

「どこ行っちゃったんだ」

宿館を出た王弁は、突如あがった喚声《かんせい》を聞きつけて声のした方に走った。宮殿の方だ。近付くにつれて、王弁は懐《なつ》かしい匂《にお》いを嗅《か》いだ。

「水の匂い？」

吉良も頷《うなず》く。

「このあたりの水は涸《か》れ果てたと思っていたが……」

彼らが宮殿の横の人だかりを掻《か》き分けて前に出ると、そこには峰西から消え果てたはずのものが再び姿を現していた。

「池が出来てる……」

直径が人の胴体ほどありそうな樋《ひ》から、盛大に水が噴き出している。

「水はまだ涸れ果ててなかったのか」

呆然《ぼうぜん》としていると、ぽんと肩を叩かれた。

「帰ってきたの」

そこには苗《ミャオ》の女性が身につける、鮮やかな衣装を身にまとった薄妃が立っていた。

「これ、どういうことです？」

薄妃はつと峰の周囲を指差した。

「もともと峰西は水が豊かだったから、水路を引いて近隣の国々に売る計画があった」

そこには、王弁が燭陰たちのもとへと向かう前にはなかったものが設《しつら》えられていた。宮殿の庭にうち捨てられていた大量の樋が、繋ぎ合わされ、縦横に張り巡らされて、山の頂へと延びていた。

「この旱《ひでり》と戦うために水路に手を加えて、水に余裕のあるところから譲ってもらってる。それから峰東と峰西の境に水脈の名残も見つかって、そこをみんなで掘り返すと水が噴き出したのよ」

　静かに説明を終えた薄妃は、樋のところまで王弁を引っ張って見せる。

「水の力に負けないように、国の織り子たちが織り上げた布で補強した」

　確かに布を巻きつけられた樋はごうごうと水路を通ってきた流れをしっかり捉《とら》えて、無駄なこぼし水はほとんどない。

「薄妃さん、大丈夫なんですか」

　恋人の賈震《かしん》が他の女と結婚してから抜け殻のようだった薄妃の表情はやはり硬く、その声の調子も平板なままだ。だがその奥底には、かすかな力強さのようなものが甦ってきているような気が、王弁にはしていた。

「皆と一緒に無心で布を織っているうちに、何だかどうでもよくなって」

「その、良かったですね。吹っ切れて」

　薄妃は王弁のぎこちない慰めに困ったような表情を浮かべた。

「わからない。でも、こうして皆と何かしている方が楽しいってことはわかったわ」

　王弁はその強さに感心したが、はっとあることに気付いて薄妃に向き直った。

「薄妃さん、これだけではだめだよ。旱を止められない」

「乾く以上に水が溜《た》まってるけど」

　それは、魃が自分自身の力を抑えてくれているからだ、そう口にしかけた時、薄妃にじゃれついてきた少女たちがいた。機織《はたおり》の娘たちである。彼女らは王弁の顔を見るなり指さして、何やら叫び声を上げた。

「そういえば王弁くん、生贄《いけにえ》になって峰に運ばれたんだったわね。まずいわ……」

　薄妃が慌《あわ》てて娘たちを黙らせる間もなく峰西の男たちが集まってきて、王弁は担《かつ》ぎ上げられ、たちまち縛りあげられた。悲鳴を上げるが愛馬の姿は傍らにない。吉良は長旅の疲れか水をたらふく飲んで寝てしまっている。

　薄妃はその喧騒《けんそう》から抜け出すと宙に舞い、宮殿の跳ね上がった屋根の先端に立って騒ぎを見下ろしている男に声をかけた。

「珍しい。笑ってる」

「面白いからだ」

「面白いのは王弁くん？　それとも苗の人々？」

「両方だ」

　劉欣はつるりと顔を撫《な》で、表情を消した。

「面白ければ笑ってればいいのに」

「うるさい。何の用だ」

「あの騒ぎ見てわからないの」

薄妃の指す先では、担ぎ上げられた王弁が目を白黒させている。それを見る劉欣のくちびるの端は再び楽しげに歪《ゆが》み出す。

「王弁に止《とど》めを刺せというなら喜んで承るが」

薄妃は劉欣の顔を覗《のぞ》き込み、

「そんなこと、本気で思ってないでしょう」

と小さく笑う。

「……助ければいいのだな。どうなっても知らんぞ」

劉欣はさも嫌そうに懐から炮録玉《ほうろくだま》を二つ取り出し、火をつけて騒ぎの中心に放り投げた。ぼうん、と破裂音がして白煙が人々を覆《おお》う。

「ちょっと」

と咎《とが》めかける薄妃に、

「ただの煙幕だ」

と言い捨てて、劉欣は屋根を下りる。

「助けるならさっさと助けてやれよ。煙幕はいつまでもそこにあるわけじゃないからな」

薄妃が地面に落とされた王弁のところに向かうのを見届けて、劉欣は峰の山道へと向かった。

引飛虎《いんひこ》と蚕嬢《さんじょう》は、むっつりと黙ったまま六合峰の山道を登っていた。彼はふくろうを入れた麻袋を担ぎ、蚕嬢はその肩にしがみついている。

ふくろうの胆《きも》を捧《ささ》げるつもりだと蚕嬢に明かされた引飛虎は、「あなたの正気を疑う」とまで言って反対した。

だが、このふくろうこそが元の導神《どうしん》なのだと蚕嬢から告白され、旱を止めるには絶対に必要な手だてのはずと懇願までされた挙句、断ることもできずここにいる。

「本当にやるんですか」

「もう他に手段はないわ」

頂を前に歩みを緩めた引飛虎は確認し、蚕嬢は硬い声で返した。もう、何度も繰り返されたやりとりだ。

「水路で水を引けるかどうか結果を待った方がいいのではないですか」

「ここの神さまは、あたしや茶風森《ちゃふうしん》を虫や鳥に変えてしまうような危ない力を持ってるのよ。たかだか池一杯分の水をぶっかけたところでどうにもならないわ」

「だからと言って彼の生き胆を捧げるのは反対です」

引飛虎は語気を強める。

「ねえ、もう覚悟を決めるべきじゃないの？　だってあんた、代わりになれないでしょ」

「俺はその、純潔ではないので」

「あたしへの想《おも》いも通せず他の女と寝たんだもんね」

棘《とげ》のある蚕嬢の言葉を聞いて、引飛虎はくちびるを噛《か》む。

「……もし茶風森の胆で神さまが機嫌直してくれたんなら、あたしだって一生山にこもって供養《くよう》し続けるくらいの覚悟があるわよ。それで勘弁してよ」

つけつけとした口調は相変わらずでも、身を切るような悲しみが滲《にじ》んでいる。そんな蚕嬢の様子を見た引飛虎もそれ以上言葉が見つけられず、黙って頂への坂を登り続ける。最後の石段を登りきった引飛虎は驚いて足を止めた。

「いつの間にこんな社が……」

以前にはなかった、古めかしく小さな石造りの社が、峰の頂に建っている。そしてその階《きざはし》には、少女が一人座っていた。

ぼろぼろになった麻布を纏《まと》っただけの姿はみすぼらしく、乱れた髪は埃《ほこり》にまみれて固まっている。そして一つとして美しいところのない容貌《ようぼう》は、見る者の胸を悪くした。

「あなたがこの峰の神さまですか?」

蚕嬢は嫌悪《けんお》感《かん》を何とか飲み込み、引飛虎の肩越しに顔だけ出して訊《たず》ねた。

「ああ」

しわがれた声に、蚕嬢はぞくりと体を震わせる。魃の方はというと蚕嬢をちらりと見たが、興味なさげに再びぶらぶらと足を振りはじめた。

「わしが見えるのか」

「え、ええ。はっきりと見えます」

「お前たちにも見えるということは、そうか、封印はもう解けてしまっているのだな」

蚕嬢には意味のわからない呟《つぶや》きを漏らす。

「あの、あたしたちが峰の頂から逃げ出しちゃってごめんなさい」

「ああ」

それほど凶暴ではなさそうだ、と蚕嬢は意を強くしながら言葉を継ぐ。

「怒ってますよね。それはお怒りでしょうとも。この峰でお祭りするのが、人と神さまの約束なのに、それを破ったんですもの。逃げたやつを虫や鳥にするのは当たり前です」

魃は聞いているのかいないのか、ただ俯《うつむ》いて足を小さく振っている。

「いえ、もちろんあたしたちが虫にされたことを恨んでいるとか、そういうわけじゃなくてですね……」

言い訳をしている蚕嬢を見て、引飛虎が用件を早く切り出すよう促した。

「わ、わかってるわようるさいわね。あんたも早く袋からふくろう出しなさい」

蚕嬢が取り留めのない言い繕《つくろ》いをしている間に、引飛虎は袋からふくろうを優しく取り出す。袋の中でも騒ぐことなく、じっとしていた茶風森は、外光が眩《まぶ》しいのか目を細めた。

「取り出《い》だしたるこのふくろうは、あたしたちがこの峰をトりるきっかけとなった者のなれの果てです。深く反省し、古式に則《のっと》り、この胆を捧げることでお怒りを解いて下さいませんでしょうか」

恭《うやうや》しく魃に言上しながら、引飛虎にふくろうの胆を取り出すよう命じた。

「早く。何してんの」

引飛虎はようやく短刀の鞘《さや》を払う。ふくろうは丸い目をじっと引飛虎に向けて、逃れようともしない。

「怖くないのか」

何かを諦《あきら》めたような、静かに澄んだ瞳《ひとみ》をしたふくろうに引飛虎は言葉をかける。ふくろうはためらうようにくちばしを二度、三度と小さく開き、やがて、

「引飛虎さん」

と不意に人語を発した。

「碧水晶《へきすいしょう》さんを頼みます。あの方は、あなたに想いを寄せていたのですから」

「な……」

引飛虎は危うく短刀を取り落としそうになった。

「彼女はあなたに会いたくて山を下りた。あなたに会いたいがために、私に体を開いた。汚《けが》らわしいと思ってはなりません。その想いの強さを慮《おもんぱか》ってください」

肩の上の蚕嬢は魃への言い訳で必死になっており、茶風森の言葉に気づいていない。

「あなたはそれでいいのか」

引飛虎は苛立《いらだ》った。

「構わない。私は想いが届かないのであれば、せめて同じ時を過ごしたいと思って導

神となることを望んだのだ。掟《おきて》を破って体を重ね、想いを遂げることができ、今までこのように命を永らえていることすら幸せなのです。さあ、引飛虎さん。我が胆を峰の神に捧げ、峰東と峰西を救って下さい。掟を破ったわが命が有意義に使われるのなら、望外の喜びです」

そう言って静かに瞼《まぶた》を閉じた。

引飛虎はしばし瞑目《めいもく》して大きく息をつくと、短剣を鞘に納めた。

「ちょっと、まだ？　早くしなさいよ」

蚕嬢は焦《あせ》った口調で引飛虎を睨《にら》む。

「水晶さま。私にこの方の腹を割くことは出来ない。男として、私はこの方の足元にも及ばぬ。男として敬すべき者を殺す刃《やいば》を、私は持ちません」

「はあ？」

蚕嬢は身をよじって怒りを表した。

「何を言ってるの。変な情をかけたら、峰麓《ほうろく》のみんなが死んじゃうのよ」

「お言葉を返すようですが、あなたはあなたに想いを寄せる、命まで捧げようとする男の腹を割こうとしているのですよ。そんなことをして、天が、神が、喜ぶとお思いか！」

「あなた、あたしに逆らって峰西にいられると思ってるの。あたし、あなたならきっとわかってくれると思っていたのに」

「水晶さまのお気持ちはよくわかっているつもりです。しかし、たとえ峰西を追い出されようとも、気骨《きこつ》の士を斬《き》った男としての汚名をかぶるのは真っ平ごめんです」

「あたしだって自分に想いを寄せる男をだまくらかして胆を抜き取って神に捧げた女なんてそしりは受けたくないわ。でも仕方ないじゃない！ こうしないと、こうしないと皆が……」

二人の悲鳴に近い声が峰の頂に響き渡る。

魃はそんな二人の様子を、ぼんやりと眺めていた。

蚕嬢がぽろぽろと泣き出した。

その時、突然羽音が引飛虎と蚕嬢の耳に届いた。二人が振り向くと、これまで大人しかった茶風森が羽を羽ばたかせ、螺旋《らせん》を描きながら高度を上げていた。

「あ、逃げた！」

「ばかな！」

引飛虎は口惜《くや》しさに拳《こぶし》を握りしめた。男と見込んだあの決意は芝居だったのか。

「早く撃ち落しなさい！」

蚕嬢が叫ぶ。引飛虎も腰に携えていた短弓を引き絞った。だが引飛虎の鋭い目は、そのふくろうが逃げようとしているのではないことに気付いた。

羽をたたみ、一直線に地面へと落ちてくる。

引飛虎は弓をほうり投げ、落下点へと走る。だが勢いをつけて落ちてくるふくろうを救うことは不可能だった。地面に激突してふくろうの首が折れ曲がる情景を振り払いながら、引飛虎は雄たけびを上げ、目を閉じて飛んだ。

しかし、茶風森の体は、地面まですんでのところで止まっていた。突如現われた繭《まゆ》に、その体が包まれていたのである。

「あ、水晶さま……」

引飛虎は安堵《あんど》のため息をついて、立ち上がる。衣についた砂埃を払いながら、蚕嬢が吐いた繭に守られたふくろうの体を抱き上げる。気を失っているのか、ふくろうは目を閉じていた。

「よかった。やはり水晶さまは我らの姫君です」

引飛虎は深々と頭を下げる。

「ふんっ、社で墜落されて血とか飛び散ったら夢見が悪いでしょ」

と蚕嬢はそっぽを向いた。

だが引飛虎たちは魃の怒りを解く術《すべ》を失ったことに気づき、決まり悪げに見詰め合った。

「あ、あのう……」

蚕嬢がどうにかしなければ、と恐る恐る魃を見ると、旱の女神はつまらなそうに肘《ひじ》枕《まくら》をして社に寝そべっている。

「帰れ帰れ」

しっしと手を振る。

「ちなみに言っておくが、わしはお前ら二人に呪《のろ》いをかけたこともなければ、お前らが逃げたことを怒ってもおらんわ」

「え？」

「わしをここに封じたのは確かに古《いにしえ》の神じゃが、お前らがここから逃げ出した時に虫や鳥に姿を変えるよう呪いを掛けたのは、お前たちのご先祖じゃ。勘違いするなよ」

軋《きし》むような声でそう言うと社の中へ戻ろうとした。蚕嬢たちも万策尽き果てて、その場に座り込んだ。その時……、

「あれ、何か聞こえない？」

銅鑼《どら》と笙《しょう》の賑《にぎ》やかな旋律が峰に近づいてくる。引飛虎と蚕嬢は、もう一度顔を見合わせた。


劉欣の煙幕と薄妃に助けられた王弁は、豊水《ほうすい》の町はずれで目を回していた。ぺちぺちと薄妃に頰を叩《たた》かれて小さく呻《うめ》く。そして、

「ううん、先生……」

にやにやと笑う王弁を見て薄妃は吹き出し、劉欣は顔をしかめた。

「幸せな男だ。国の連中が総出で峰に行ったというのに」

薄妃は王弁の顔を拭《ふ》いてやり、揺り起こしてやる。はっと目を醒《さ》ました王弁は、薄妃に魃の様子を訊ねる。

「魃は……」

「魃？　誰ですかそれ」

薄妃と劉欣が首を傾《かし》げているのを見て、王弁は飛び起きた。

「峰の頂に行かなきゃ！」

薄妃はじっと王弁を見つめ、

「峰の頂上には何がいるんですか」

と訊《き》く。王弁が手短に魃についてと吉良とした旅の顚末《てんまつ》を話すと、薄妃は口元を袖《そで》で覆《おお》った。

「峰西と峰東の人たちは地下に残った水脈と近隣から呼び込んだ水の力で、旱《ひでり》の神さまを六合峰から追い出そうとしています」

「そんな」

たかだか数千人の力でどうこうできる女神ではない。王弁の脳裏に、屈強の怪異たちが集まった炎帝軍を一瞬にして滅ぼし去った魃の姿がよみがえる。

「止めなきゃ。みんな死んでしまう」

王弁は立ち上がり、駆け出す。あっけにとられてその後ろ姿を見送っている薄妃と劉欣を置き去りにし、頂へと急ぐ。山道には精巧に作られた水路が引かれ、その周囲を黒く密に織られた布が覆っていた。

峰西と峰東は力を合わせた。そこまでは良かった。だが人々は、誤った方向へ進もうとしている。

「魃を水の力で退けようだなんて……」

耕父のような洪水の神ですら歯が立たなかったのに、神々の水準からみればあまりにも細い管で汲《く》み上げた水で、魃をどうこう出来るわけがない。

今の魃に必要なのは、彼女を受け入れ、無理に力を抑えなくても暮らせる場所だ。自分たちはそれを見つけることが出来なかった。だがせめて、荒《すさ》んで乾いた心を癒《いや》してやることくらいは可能なはずだ。

息を切らせて急斜面を登る。

ばん、と耳をつんざくような轟音《ごうおん》が響き、峰の頂から白い煙が上がった。

「何をしてるんだ」

頂に近づくにつれて、人影が多くなる。彼らは口々に叫び声をあげ、手にそれぞれ桶《おけ》を持って何かに水をかけていた。火事を消すように、人々は連なって水を繋《つな》ぎ、必死にかけ続けていた。

「だめだ……」

それほど広くない頂は、峰西と峰東の男たちで埋まっていた。管から噴き出す水を桶に入れては、社を覆う大量の蒸気の中心へと、水をぶちまけている。

「だめだって！」

王弁の言葉は叫びを上げる苗の男たちに通じない。男たちは自分たちを苦しめる災《さい》厄《やく》の正体を除こうと、懸命だった。血走った目で、恐れを隠すために叫んでいる。

「魃！」

王弁は人ごみをかき分け、社の前へと出た。

「やめろ！　水をかけるな！」

必死に叫ぶ。数人の男が王弁に気づいて手を止めたが、他のほとんどが何かに取りつかれたように水をかけ続けていた。息をするのも苦しいほどの濛々《もうもう》たる蒸気が視界をふさいでいる。だが王弁は靄《もや》の向こうに彼女がいることがわかっていた。

「魃、王弁だよ。帰ってきたんだ！」

自分を押しのけようとする一人の男に抵抗して、王弁は叫ぶ。

さっと靄が晴れる。王弁と魃を結ぶ空間の視界だけがきれいに晴れ上がった。

「……待っていた」

しわがれた声で、だが何かを期待しているような明るさを帯びた声で魃は王弁を迎えた。

「俺、魃がどうして生まれてきたか。どうしてそんなにすごい力を持っているのかを、見てきた。そうすれば、魃の居場所を見つけられる、と思ったから」

魃はじっと黙って聞いている。

「大昔の魃を知っている神さまとも会った」

ごくりと唾《つば》を飲み込んで、王弁は結論を口にする。

「ごめんなさい。魃を受け入れてくれそうな神様はいないし、場所もないいんだ」

わずかに覗《のぞ》いていた魃の瞳が、長く粗い髪の中に消えた。

「やはり、わしはどこにも行けんのか」

しわがれた声が一段、低くなる。

「不思議なものじゃ」

魃は俯《うつむ》いたまま続ける。

「もしや、と待っていた日々は楽しかった。この愚かな民どもに水をかけられていても、逃げ出した巫女《みこ》の弁解を聞いていても、不思議と腹が立たなかった」

心が開きかけている。王弁は希望を持った。

「それもお前が、何も力のないお前がしてくれた約束を、このわしが信じてしまったから。だからわが体内に渦巻く乾きの力を、抑え込むことが出来たのじゃ」

魃がさっと顔を上げる。醜い顔は一層乾き、何の感情も浮かんでいない。

「この化け物！」

一人の男が恐怖に駆られ、手に持った桶の水を魃にぶっかけた。それまでは水をかけられようと罵《ののし》られようとじっと黙っていた魃が、その男の方へと顔を向ける。

「逃げろ！」

王弁は叫ぶ。魃の目が立ちつくしている男を捉《とら》えた。次の瞬間、男の体は粉となって風に消えた。

「魃……」

「約束は破られた。みなそうじゃ。わしの前で、どれほどの者が偽《いつわ》りを言い立てていったか」

しわがれた声に、これまでとは異質な力がこもり始めている。これはまずい、と王弁は懐《ふところ》から哨吶《ラッパ》を取り出す。

「魃、これに見覚えはある？」

旱の女神は目を細めて、

「ない」

とそっけなく答える。だが王弁は、戦場でこの音色を聴き、力をみなぎらせる魃の姿を目撃していた。彼女の心を明るくし、災いを取り去るのはこれしかない。

吹き口にくちびるを当て、王弁は胸いっぱいに気を吸い込む。天馬の心を動かし、僕僕のような仙人をも魅了する哨吶の旋律が女神に届けと願いながら、息を吹き込む。

王弁は哨吶から伝わってくる力を感じた。

何度も旋律を奏《かな》でた彼のことを、共に旅を続けてきた仲間だと哨吶も認めてくれているようだった。

（頼む、魃の心を励まし、やわらげてくれ）

その願いを乗せて、王弁は勇壮な行軍曲を吹き鳴らした。それは耕父の記憶の中で聞いた、黄帝軍の吹き手が奏でたものと、寸分違わぬものだったはずだ。

魃の細い肩がびくり、と震えた。

哨吶の音色は間違いなく魃の耳に届いている。神々《こうごう》しいまでの勇壮さに、魃の恐怖におののいていた人たちの表情すらも明るくしていく。小さく地を踏み鳴らし、体で調子を取り始める者も出てきた。だが――。

魃は目を見開き、王弁を見据える。その目が見る見るうちに赤く染まり、髪が逆立つ。

（あれ？）

何か変だ。周囲の人々とは明らかに違う。そのさまは楽しげであるとか、力づけられているといった風ではなく、魃の体内から禍々《まがまが》しい何かが目を覚まして起き上がろうとしている気配がするのだ。

哨吶からくちびるを離し、呆然《ぼうぜん》と立ち尽くしている王弁の襟髪《えりがみ》を誰かがつかんだ。

痛みに正気に戻った王弁は、疲れて眠りこんでいたはずの吉良の姿に気づく。

「その哨吶の旋律はだめだ」

慌《あわ》てて駆けつけて来たのか、息の荒い吉良は再び逃げまどい始めた人々に視線を送りながら囁《ささや》いた。

「だめ？　どういうこと」

「主《あるじ》どのが見たのは、戦場にある魃の姿だった。そして耳にした哨吶の旋律も、戦場で奏でられる。だからこそ勇壮で、戦いに臨む者たちを力づける」

「そ、それが何か？」

吉良は苛立《いらだ》ったように鼻を鳴らす。

「ここに封じられて以来、魃は戦うことなど忘れていたはずだ。周囲の乾きがこの程度ですんでいるのも、魃自身がその力を抑えているおかげだ。その箍《たが》を、主どのの旋律が外してしまった」

「ええ⁉」

「私も魃の心を明るくすれば、それで道が開けると考えていたが、誤っていた」

王弁は哨吶と魃を交互に見つめ、頭を抱えた。

魃が体を震わせている。

「だめじゃ……」

誰かと争うように、身をよじらせている。

「出てきてはならん！」

拳《こぶし》を握りしめ、王弁に背中を向ける。そして、早く逃げよ、と叫んだ。吉良が峰の頂に残っていた人々を追い立てる。王弁は逃げることも、魃に言葉をかけることも出来ないまま、立ち尽くす。

苦しげな魃が、赫《カッ》、と音にならない咆哮《ほうこう》をあげる。すると、六合峰からはるかに見える山の一つが瞬時に白く乾き、根元から吹き飛んだ。

「封印が……。主どの、早く逃げるぞ！」

吉良の肌が乾いてはがれ始めていた。王弁も自分の手を見て悲鳴を上げる。その皮膚は見る間にしなび、朽ち始めていた。

「もうこうなっては誰も逃れることは出来ん。古の伝説でしかなかった最悪の旱が、天地に満ちてしまうのか」

王弁は恐れと落胆で、がっくりと膝《ひざ》をついた。

七

劉欣《りゅうきん》は六合峰《ろくごうほう》を見上げて、腕組みをして黙っていた。

「気になってるの？」

すらりとした体を風にそよがせ、薄妃《はくひ》は一丈ほど宙に浮かんで山の頂に対している。

だがその視線は、興味深そうに劉欣の横顔に向けられていた。

「王弁か。あんな能無し、気になどならん」

「私は蚕嬢《さんじょう》さんと引飛虎《いんひこ》さんのことが気になるのかって訊《き》いたつもり」

ちっと劉欣は舌打ちをして、どこかへ去ろうとする。

「どこへ？」

「俺たちはよそ者だ。この小さな国が滅んだところで、何の関わりもない。ここの奴《やつ》らは自分たちの失敗で国をなくすのだ。致し方あるまい」

「でも私たちはここにいてしまった。そしてここの人たちと深い関わりを持ってしまった。無関係とは言えないくらいに」

「それはお前の勝手な感慨だ」

「あなたも同じだと思う」

ますます表情を冷たくして、劉欣は黙りこむ。そんな彼を横目に、薄妃は何かを待つように、空を見上げていた。

「誰を待っている。仙人か」

「ええ」

「仙人とは気楽なものだ。己の気が向くことだけをやっていればいいのだから」

ぷっと唾《つば》を吐き、劉欣は毒づいた。

「どうして仙人は、そうなったのかな」

薄妃の思わぬ問いに、劉欣は一瞬言葉に詰まった。だがその微《かす》かな困惑を吹き飛ばすように、六合峰の周囲にある山々が一つ、また一つと乾ききっては風に消えていく。

「それにしてもあの峰にいる旱《ひでり》の神、とんでもない力だな」

「胡蝶《こちょう》にはいない？」

「俺たちの技はあくまでも、人間相手だ。いかに相手を倒し自分が生き残るかを究めたものだ。山を消し飛ばすようなでたらめな力を養っているわけではない」

また一つ、遠くで白煙が上がったかと思うと峰が一つ姿を消した。

突然、劉欣は飛《と》び退《しさ》って吹き矢を構える。彼が立っていたあたりの地面が、不意に盛り上がったからである。

「撃ってはだめ」

と薄妃が止める。盛り上がった地面から、隆々とした筋肉の塊が現れた。舞い上がる埃《ほこり》に咳《せ》き込みながら、えいと気合いを入れて抜け出てきたのは、司馬承禎《しばしょうてい》である。

「都からも南方で異様な気配が立ち上っておるのが見えました。先生にあなたたち、とどめが魃《ばつ》の目覚めと来た。災厄の原因は魃かあなたたち自身なのか……」

司馬承禎はがっしりした体を揺らして笑った。

「好き勝手言いやがる」

「冗談冗談。もちろん、あの峰の主《あるじ》ですよ」

劉欣は道士に目をやろうともしない。

「それにしても大した乾きっぷり。もう人など住めませんな」

「峰麓《ほうろく》の人たちは力を合わせて水を取り戻そうとしているんです」

「それは実に貴い。長年積み上げられた我を捨て、合心するとは」

司馬承禎は実に嬉《うれ》しそうだ。

「ですがこういうお話もある。少し前、やんちゃなお猿が釈迦《しゃか》のもとから素晴らしい速さで飛んで逃げたことがありますが、その掌中から逃れることは出来ませんでした。旱の女神魃、今の人間の力でどうこう出来るものではない」

その声は、まるで喜劇の舞台を見ている客のように弾んでいる。劉欣のこめかみには青筋が浮いている。だが口調はあくまでも平静に、

「あの旱の神を追い出す方策はあるのかないのか、どっちだ」

と訊《たず》ねた。司馬承禎は劉欣の姿を上から下まで舐《な》めるようにじっくり見て、薄妃の袖《そで》を引っ張った。

「変わりましたね、胡蝶のお人」

こくりと薄妃が頷《うなず》く。

「先生のせい？　それとも王弁くん？」

「わからない」

「面白い。実に面白いですね」

　くつくつと司馬承禎は笑みを漏らす。

　劉欣は懐《ふところ》に手を入れて吹き矢をすっと取り出すと、狙《ねら》いを司馬承禎の額に定めた。

「どうも俺は、お前のようなやつを好まぬようだ」

「殺し屋が好悪《こうお》で標的を決めますか。あなたにも人の心というものが、ようやく育ち始めたらしい」

　笑みを収めず、もちろん怖《おそ》れなど微塵《みじん》も見せず、司馬承禎は劉欣に相対する。

　しばらく黙っていた劉欣はゆっくりと吹き矢を懐にしまうと、峰の中へと姿を消した。その後ろ姿をにこにこと見送っていた司馬承禎は、

「僕僕先生には何やら五色のご縁があっちゃこっちゃに繋《つな》がっているようですね」

　と楽しげに言った。

「どういうこと?」

「面白いということです」

　薄妃は首をかしげている。

「仙人は面白ければいいのですか」

「それが仙人の仙人たる所以《ゆえん》」

司馬承禎は舞台の佳境《かきょう》を見に行こう、と薄妃に手を差し伸べたが、薄妃はその手を取らずに風に乗った。

白く乾きかけた皮膚が、すんでのところで潤《うるお》いを残していることに王弁は気づいた。吉良は神馬の並はずれた気力で魃の乾きと戦っていたが、ふと王弁を見て長い睫毛《まつげ》をしばたたかせた。

「止まった？」

「だといいが……」

王弁はかさついた自らの腕を撫《な》でた。

既に六合峰の頂からは人影が消え、魃のもとから立ち去れないでいる王弁と、主から離れない吉良だけが残っている。

「は、速く、去れ」

魃は自らを抱くように腕を回し、肩を握りしめて呻《うめ》く。

「魃！」

近寄ろうとする王弁は、目に見えない壁に跳ね返されて尻《しり》もちをつく。

「魃は気の壁を張っている。誰も近づけないように」

「どうして？」

「主どのを殺したくないからだ」

そう言われれば、王弁も踏み込めない。魃が喉《のど》を絞るように叫び苦しんでいる。その絶叫が空を裂くたびに、叫びが向けられた方角にある峰が一つ消え去った。

「より広い地域が被害にあいつつある」

「だからってどうすればいいんだよ！」

王弁は再び、哨吶《ラッパ》をくちびるにつける。魃の力を解放することが出来たなら、抑えることも出来るはず。焦《あせ》った彼は、吉良が止めるのも聞かずに、再び哨吶を吹き鳴らした。

今度は魃の闘争心を煽《あお》るような勇ましいものではなく、その心を和ませるような穏やかなものになる、はずであった。

だがいつもは、王弁の心のままに曲が流れ出すはずの哨吶から、やはり血が騒ぐような勇壮な旋律が流れだしてしまう。慌《あわ》てて止めようとした王弁だったが、くちびるがもう哨吶から離れない。

哨吶が突然意志を持ち、魃の中に眠る何かを激しく揺り起そうとしている。王弁は哨吶の力に頼ろうとした自分を悔やんだが、もう遅い。魃はついにばったりと倒れ伏し、ゆっくりと立ち上がった。

「主どの、止めるんだ！」

糸に吊《つ》られたような魃が先ほどより激しく苦しんでいるのを見てとった吉良が、主の口元の哨吶を蹴《け》り飛ばそうと試みる、だが王弁はこれまで見せたこともない敏捷《びんしょう》さで逃げ回る。

吉良は、哨吶が王弁の体を引き回していることに気づき驚愕《きょうがく》した。

「魃の力に共鳴しているのか……」

王弁の不規則な動きを、吉良も捉《とら》えきれない。そして魃は哨吶の音によって、自らを縛《いまし》めていた最後の箍《たが》が消し飛んだようであった。魃から放射された、乾きの不吉で透明な波動が王弁を包む。とっさにその前に立ちふさがった吉良は、己の死を覚悟した。

その刹那《せつな》、乾いて砕け散る自分を思い浮かべていた吉良は、周囲に巨大な水の壁が出来たことに気付いた。霧状の微細な滴《しずく》が、分厚い壁となって乾きを遮る強さを見せる。驚いた吉良が後ろに居並んでいる者たちを振り返った。

「峰西《ほうせい》の王たちだ！」

王を先頭に、人々がすさまじい圧力で水を噴射する管を、懸命に抑えている。そこには王弁たちと吉良には見覚えのない者の姿も多くあった。姿を見るのは初めてだが、隣国峰東からの人々に違いない。

「ただの水ではないぞ。近隣の人々の祈りと、龍脈《りょうみゃく》に残された最後の力、そして峰麓二国の民全《すべ》ての願いがこめられた水だ」

藍地銀《らんちぎん》の言葉に、人々が喚声で応《こた》える。

魃の乾きの波動と人間の水壁は激しくぶつかり合って噴煙を上げる。吉良は水しぶきを浴びながら感嘆のため息を漏らした。

「人間があの魃と五分に……」

乾きは水の圧力とぶつかり合って炸裂音《さくれつおん》すら上げている。

だが人々の健闘も長くは続かなかった。魃の乾きは、人々が導いてきた水の勢いを次第に飲み込んだ。悲鳴を上げて逃げ惑う人々を見送りながら、王弁はどうしても身動きが取れない。魃を何とかしてやりたかったのに出来なかったことが彼の足を縛り、やがて逃げ遅れた彼を乾きが包み込んだ。

全ての匂《にお》いが消え去り、息を吸おうとしても喉に入っていかない。

（先生……）

息苦しさの中で意識が遠のいていく。ぼやけていく意識の外で、強烈な閃光《せんこう》が何度か走るのを感じた。乾きを切り裂き、自分を包み込む光と杏《あんず》の香りに、王弁は懐《なつ》かしさを感じた。

「どいつもこいつも、何故《なぜ》待てないんだ」

王弁たちの前には、背を向けた僕僕が立っていた。

まばゆい雷光の中から姿を現した僕僕は珍しいことに、拳《こぶし》を握りしめ、足を大地に踏ん張って魃に相対していた。長い黒髪が乾いた風になびくさまは、美しいというより、激しい焔《ほのお》のように恐ろしげなものに見える。

そして声は怒りを含んで重く、王弁は喜びの声を上げる前にぞくりと背筋に悪寒が走った。それは吉良や苗《ミャオ》人たちも同じようで、息をのんで僕僕を見詰めている。

「キミたちにどうこう出来る類《たぐい》の旱ではないと言ったはずだ。己の分限《ぶげん》を知らず、下手に手を出せば破滅するだけだぞ。勝手に破滅するのはキミたちの自由だが、まだその時ではないと知れ」

僕僕は懐から短剣を取り出した。僕僕がどこかへ出かけた際、王弁から借りた拠比《きょひ》の剣《けん》だ。

彼女が鞘《さや》を払うと短剣は瞬時に大刀へと姿を変える。刃は六尺ほどに伸び、雷光を帯びて妖《あや》しく輝いた。

「先生、あの」

王弁が声をかける。これまでの経緯を話したかった。どれだけ人々が力を尽くし、自身がどれほどのものを見てきたか。

しかし僕僕は振り返ろうともせず魃に近付いていく。

「決して触れてはならないものというのが、この天地にはある。触れずにただ敬し、遠ざけておくべき存在がいる」

魃が僕僕の姿を見て咆哮《ほうこう》した。目の前に現れたばかりの美しい少女が生涯の仇敵《きゅうてき》であるかのように、魃は怒りを叩《たた》きつけて乾きの波動を放つ。

「おっとっと。危ない危ない」

これまでどこに隠れていたのか、土中から飛び出した司馬承禎が壁を築き、人々を守る。瞬時に土壁は消し飛んだものの、王弁たちはかろうじて事なきを得た。

「た、助かりました」

「いえいえ。王弁くんたちにはもっと楽しませてもらわないと」

こんな時だというのに、道士の目は少年のようにきらめいている。

「王弁くん、うまく収めるんですよ。先生が現われても、きっとあなたの力が必要な時が来るはずだから」

そう言って満足したように一歩下がった。

「もう俺にはどうにも出来ないですよ」

魃と僕僕が再びにらみ合っている。僕僕の表情は王弁から見えない。だが魃が僕僕に向かって何度も放つ波動を拠比の剣で受け止めるたびに、僕僕の小さな体はぐらりと揺らいだ。

「先生っ」

思わず駆け寄ろうとした王弁を、

「近寄るな。邪魔だ」

と僕僕は冷たく押しとどめた。彼女の周囲には大蛇のようにうねる雷霆《らいてい》が集まりつつあった。対する魃が何かを吐き出す。魃の乾ききった心がそのまま形になったような、茨《いばら》の鞭《むち》である。

見ている者の心を寒くするような、長い棘《とげ》がびっしりと生えている。魃はその先端を無造作に握り、一度ぴしりと地面を叩いた。

同時に峰が振動し、大地に入った亀裂《きれつ》が僕僕を襲う。吉良が王弁に体当たりし、危うく亀裂に落ちるところを救った。司馬承禎の足が亀裂に呑《の》まれかけたが、急いで足を引っ込めて無事を確かめた。

「これは……」

「大変だ。干からびてる」

「こんな貧弱な足は認められませんね」

司馬承禎が気合をかけると、干からびた足は元に戻った。

司馬承禎は王弁、藍地銀たちに声をかけ、人々を素早く峰から遠ざけさせた。

「先生、魃を殺してしまうつもりなんだろうか」

王弁は僕僕の意志を受け止めて輝く拋比の剣に驚きつつ、追い詰められた獣のような表情をしている魃からも目が離せないでいた。

「わかりません」

司馬承禎は首をひねる。

「しかし魃と僕僕先生双方の力が、私の理解の限度を超えたところにあるのは確かです。優劣を論じることはできません」

ケタが外れている、と道士は楽しげに呟《つぶや》いた。

魃は再び叫びを上げ、僕僕へと乾きの波動を立て続けに放つ。その波動を自ら追いかけるように、茨の鞭を振り上げて僕僕へと肉薄した。

僕僕は一歩も下がらず、拠比の剣で迎え撃つ。波打つ鞭と輝く刃《やいば》がぶつかり合うごとに、六合峰は揺れ動く。激しい衝突の中で、僕僕が一歩前に出た。

攻撃を繰り返しているのは魃だ。僕僕はそれを受けているだけ。だが明らかに、僕僕が押していた。かつて天地を二分した戦いに決着をつけた魃に対して、五分以上の強さを示している。

王弁は彼女の背中が、よく知っている呑気《のんき》で愛らしい仙人とは違うものに変わってしまったような気がした。心細さがじわじわと広がっていく。それは、魃が乾きの力で天地全体を滅ぼそうとしていることよりも、もっと切迫した恐怖として彼の胸に広がった。

そして、このままでは魃が僕僕に負けてしまう。師の勝利は望むところのはずなのに、王弁はそれも怖かったのだ。

(燭陰《しょくいん》さん、耕父《こうふ》さん……)

敗者となって仲間の多くを殺され、自身も力の大半を失って心に大きな傷を負った二人の古《いにしえ》の神の姿が脳裡《のうり》をよぎる。

僕僕の力は魃を止められるかもしれない。でも、消し去ってしまうかもしれない。

さらに一歩、僕僕が踏み出す。魃の表情に、初めて恐怖が浮かんだ。憎悪《ぞうお》が消えて、恐怖に塗り潰《つぶ》されていく。僕僕は構わずにまた一歩足を進める。

「お前さえいなければ！」

魃が初めて、言葉を発した。

「お前さえいなければ、わしは生まれてこなくてすんだ！」

駆け寄ろうとする王弁の袖《そで》を司馬承禎がつかみ、吉良が襟を嚙《か》んだ。

「何をする気だ、主《あるじ》どの！」

黙ってそれを振り払い、王弁は僕僕の前に出る。彼女を覆《おお》っていた雷霆がぴたりと止《や》む。

「邪魔だと言ったはず。どくんだ」

僕僕の声には明らかに苛立《いらだ》ちが含まれていた。

「いま魃を封じなければ、この天地を存在させている秩序が崩壊してしまう。全てが乾いて粉微塵《こなみじん》となり、滅んでしまうことはキミも分かっているだろう」

「知っています」

王弁は魃に向かいあったまま、背中で僕僕に答えた。

「だったらどきなさい。魃はキミのような人間が関わってはいけない者なんだ」

「そうかも知れませんが、俺はもう関わってしまいました」

王弁は震える声と足取りで、魃に近づいていく。

彼を迎える魃の恐怖と憎悪に覆われていた顔が不意に元に戻って、乾きの波動も収まった。

あたりは奇妙な静けさに包まれた。

「魃」

「来るな」

魃は首を横に振って、王弁を拒む。

「誰もわしのことなどわからぬ。わしはかつて大義《たいぎ》と呼ばれるもののために戦った。皆に乞《こ》われて、この大地に生まれてきた。だが力を尽くして得た褒賞《ほうしょう》は何じゃ。寒く乾いた荒原に一人放っておかれた。居るべき場所も与えられず、寂しくて、誰かと話したくて天地を放浪すれば、災厄の神として石もて追われる」

魃の声は低く小さかったが、王弁の胸をえぐった。

「ここに封じられた時は、ほっとした。もう新しい土地に行って、誰かに嫌われるのはいやじゃ。ここの封印は不快ではあったが、嫌われるよりはましじゃ。永遠にここにいて、いつか朽ち果てることが出来たらいい。ただそれだけを思っていた。この気持ちが、お前のような人間にわかるわけがなかろう」

王弁はごめんなさい、と謝る。膝《ひざ》を震わせながら、もう一歩魃に近づいた。

「俺は戦争に行ったこともないし、魃の気持ちも、やっぱりわからない」

魃の表情が再び硬くなる。

「でも俺、耕父さんと燭陰さんという神さまに会ってきたんだ。大昔の戦で、魃と戦った神だよ。二人は言っていた。魃は、それはそれは怖い神だったって。たくさんの仲間が殺されて、魃のせいで戦いには負けた」

「そうであろう。わしは最悪最凶の災いの神じゃからな」

自嘲《じちょう》するような笑みを魃はくちびるの端に浮かべた。

「さぞかしわしのことを恨んでいることであろうよ」

王弁は強く首を振った。

「燭陰さんも耕父さんも、いつか復讐《ふくしゅう》してやりたいと思っていた。でも何千年も時間が経《た》つうちに、二人の考えは変わってきたんだ」

命じられるままに、そしてそれが正義と信じて戦ってきたのは、自分たちも魃も同じだ、と燭陰は清々《すがすが》しいような表情で言っていた。

魃の苦しみは、あの戦場に立っていた者ならわかるはずだ。一人一人、みな力の強さは大きく違うかもしれない。苦しみの大きさも違うかもしれない。でもあの場にいて今も生き残っている者の誰もが、魃の気持ちを分かち合えるはず——。

魃は王弁の言葉に魅入られるように、聞き入っている。

「そして俺も、耕父さんの記憶に入って、ほんの少しだけ魃の戦いを見てきたんだ」

それは想像を絶する光景だった。太古の戦いで見た惨《むご》い戦場を思い出す。遠くから見ていれば潮の満ち引きに似た人の動きは美しかった。だが近寄って見ると、それは嘔吐《おうと》を禁じえないような凄惨《せいさん》な場であった。

神と妖異《ようい》と人が入り乱れる血みどろの戦場を一掃した力。敵にすればこれほど恐ろしいものはなく、味方にすると頼もしいことこの上ない。でもその力は、戦場にあってこそ容《い》れられた。戦いが終わり、その最前線で戦っていたものがどうなったかは、燭陰や耕父のみじめな境遇が示している。

「そうか」

魃はふと、穏やかな表情を浮かべた。

「お前のように、わしを遠ざけようとしない者もいるのだな」

「ええ。皆が魃のことを知ったら、絶対に見方変わるよ。それに、魃のような乾きの力がないと、じめじめしっぱなしじゃないか。粽《ちまき》に入れる椎茸《しいたけ》だって、乾かせないいんだよ」

ふふ、と魃は笑った。

「お前は乾きの力すらありがたいと言うのか」

「時と場合によってだけどね」

魃は口を開けて楽しげに笑った。

「わしは笑えるのか」

そして我に返ったように頬に手を当て、魃ははにかんだような表情を浮かべた。

「おかしなものだ。お前と話していると、どういうわけか心が和んだ。燭陰や耕父といったかつてわしと戦った者たちも、おまえだから心を開いたのであろう」

初めて見る魃の笑顔を見て、王弁は気持ちが通じたと安堵《あんど》した。

「だが」

魃の気配が一変する。

「無数の神と人がいるこの天地に、わかってくれるものがわずか三人。そのような天地など、もういらぬ。何度も絶望して、自らの存在を消そうとしても叶《かな》わず、またこのように憎き者を古き記憶より引き出してわしの前に突きつけおる」

「古き記憶?」

王弁は後ろを振り返ろうとして出来なかった。僕僕から伝わる憤怒《ふんぬ》の気配が、彼に見るなと命じていた。

「この者とわしが顔を合わせた以上、どちらかが封じられるまで戦わねばならぬ定めなのだ」

頭の後ろで髪の毛が逆立つ。

僕僕の周囲で再び激しい雷が荒れ狂う。これから起きるのはどちらかが滅ぼされる惨い戦いだ。これにそっくりな光景を、王弁は見た。そして戦いのさなかにもかかわらず漂ってくるこの甘い香り。もしかして……。

だが王弁の疑念は、魃の言葉によって遮《さえぎ》られた。

「王弁、お前を信じて力を抑え、この天地に静かに暮らすのは、この者を滅ぼしてからとする。許せ」

僕僕が王弁の肩を押しのけた。

「もう選択肢はない。ボクが魃を封じるか、魃がボクを滅ぼすか」

拠比の剣が輝きを増し、雷霆が再び僕僕の体を包む。そして潤《うるお》いを取り戻しかけた魃の心は再び乾きに覆われ、茨の棘は鋭さを増した。

「決着をつけよう、魃」

僕僕が拠比の剣を振りかざした先に、王弁がもう一度立ちふさがった。

「何のつもりだ」

「先生、だめです」

「キミはボクの弟子ではないのか」

「弟子です。だけど、魃を傷つけてほしくない」

「個人的な感傷で大事を見誤るな。いま魃を封じるのは、天地のためだけではない。魃自身のためでもある」

怒りを抑え、諭《さと》すように僕僕が言う。

「どうしてですか」

「キミも気づいているはずだ。魃はもう誰も傷つけたくない。誰も苦しめたくない。だがその力はあまりに強大で、そこにいるだけであたりを災厄で包んでしまうのだ。峰麓の人たちがどれほど苦労したか、見ただろう。この災厄が天地全体に及ぶのだぞ。その責任がとれるのか」

王弁は言葉に詰まる。

「ボクもこれ以上力を抑えられない。この上さらにわがままを言うなら容赦はしない。キミごと魃を封じる」

拠比の剣を構える僕僕の顔は、王弁が知っている穏やかな仙人の顔ではなかった。

「責任なんて取れないけど、魃は……」

王弁はそれでも両腕を広げ、魃の前から下がらない。

「魃は俺の友です」

絞り出すように王弁は言葉を返す。

「友と認めた者のために身を捧《ささ》げるとは見上げた心意気だ」

腹の底から冷えてくるような表情で、僕僕はゆっくりと拠比の剣を王弁へと向けた。

剣先の向こうに見える僕僕の瞳《ひとみ》は怒りを湛《たた》え、王弁を見据えている。

「だが一つ教えておいてやる。光と闇《やみ》のように、陰と陽のように、交われないものは必ずあるのだ。交えようとすれば無理が生じ、不幸が生まれるのだ」

「交えようなんて思ってません。ただあの子が封じられるのが嫌なだけです。魃だって言っていた。本当は旱《ひでり》なんてもたらしたくない。人々が稔《みの》りの中で喜んでいるのを見ている方が幸せだって」

王弁の背後で俯《うつむ》いていた魃が、再び凶悪な表情になって僕僕を睨《にら》む。

「もうよい王弁。下がれ。わしが勝って天地を干上がらせるか、再び封じられて緑と水が戻るか、二つに一つなのじゃ」

違う、と王弁は叫ぶ。

「光と闇だって、陰と陽だって、俺のようなただの人間と先生みたいな仙人だって、一緒にいられるじゃないですか。乾きと潤いだって交互に来るからいいんじゃないですか。どうして魃だけを除《の》け者にしなきゃならないんですか。おかしいですよ！」

「おかしいのはキミだ。子供の理屈で天地を滅ぼされてはかなわない」

僕僕に背を向け、王弁は魃に近づいた。

「言うたはずだ。近づくでない」

それでも近づき、手を伸ばす。

「わしに触るな！」

共にいることなら出来る。王弁はそのかさついた女神の頬に、手を伸ばそうとした。だが、彼を地面に打ち倒したのは、師の大喝であった。

「師を裏切り、天地を犠牲にし、それでも己の感傷だけに流されるとは、ボクの弟子として失格だな。ここで魃と共に封じられ、永遠の闇の中で反省するがいい」

王弁はぎゅっと目を瞑《つむ》る。

僕僕がわかってくれなかったことへの絶望が全身をわしづかみにして、逃げることも出来ない。

……巨大な姿を現した拠比の剣の刃はなかなか下りてこない。

王弁がふと横を見ると、魃が操る茨《いばら》の鞭《むち》も宙に浮いて動きを止めている。そして振り下ろされかけた拠比の剣も、王弁の額の寸前で止まっていた。何かが二人の武器を受け止めていたのである。

「遅れてすまんな」

頭の中に響く低い声がする。体は柔らかく温かいものに包まれて、仕立ての良い布《ふ》団《とん》の中にいるようだ。王弁はあたりを見回し、自分がふわふわした雲のような何かに包まれていることに気付いた。

「帝江《ていこう》、さん……」

拠比の剣も魃の鞭も身に受けて平然としているその不思議な生き物は、もぞもぞと身を振って王弁を吐き出すと、体に刺さった武器をそれぞれの持ち主へと返した。

「来ないんじゃなかったのか」

僕僕が鼻白んだ表情で拠比の剣を鞘《さや》に納める。

「来ないつもりであった」

もくもくと形を変えたそれは、六本脚に四枚の白い羽、顔のない牛のような体となって、魃と僕僕の間に立った。僕僕と旅を始めてすぐ、王弁はこの生き物、帝江に会っている。僕僕はその時帝江を、この世界を作った神々の一人だと説明していた。

魃の瞳は驚いたように見開かれ、そして怒りに細められた。

「何をしに来た」

しわがれた声には、僕僕に対するものとは違った険が含まれていた。

「娘に会いに来た」

「……娘？」

王弁は帝江と魃の間に忙しく視線を往復させた。古《いにしえ》の大戦で魃を生み出したのは黄帝と呼ばれる神だった。だとすると……。

戸惑う王弁の傍らで帝江は体を魃に向ける。半ば透けている帝江の体を通じて、魃の表情も見て取れた。

「いまさら娘扱いだと？　笑わせるな」

腕を組み、ふんとそっぽを向く。

「わしなど、術をかけてどこかに縛りつけておけばいい。以前にそうしたようにな。その縛《いまし》めが解かれたからといって、このような忌々《いまいま》しい奴《やつ》を寄越して滅ぼそうとする者を親とは呼べんわ」

帝江は僕僕の方をちらりと見て、決まりが悪そうに、無い頭をかこうとした。

「寄越したのではない」

もじもじと帝江は身をよじらせる。

「わたしが行くのを渋っていたら、僕僕が先に行ってしまったのだ。弟子が気になるようでな」

「ボクはそんなこと一言も言ってないぞ」

ぷっと僕僕は頰を膨らませた。帝江は僕僕の苦情に構わず続ける。

「わたしは元々、あの戦いが終わって天地にわしらの秩序がもたらされた以上、あとはその秩序が流れゆくままに育つべきだと考えておった」

帝江の不思議な姿の向こうに、一人の男の姿が透けて見えた。王弁にはその姿に見覚えがあった。黄帝側の本陣で、祠《ほこら》の中にいた黄色く光る日のあの男だ。

「もともとあの戦いは負け戦であった。お主も見たであろう」

男が王弁に振り向く。

「そう。わたしはあの頃黄帝と名乗っておった。お前の見た戦の、一方の総帥《そうすい》だよ。軍を率いる者として、戦いに勝つことを最優先させるのか、天地に災厄をもたらすことを避けるのか、判断を迫られていた」

　帝江の後ろ姿は、記憶の中と同じようにどこか弱々しく見えた。

「策に窮《きゅう》したわたしは、判断を臣下たちに丸投げして心の檻《おり》の中に閉じこもってしまった。なるようになればいい。そして己の中にあったもっとも危険な部分を切り離して一人の神となし、臣下の合意の名の下に責任を逃れようとしたのだ」

　そして宰相を務めていた男をはじめとする、魃の力に魅入られた者たちがその卵を温め、孵化《ふか》させた。

「わたしは自らが生み出した力に恐怖した。望み通り、戦いには勝った。天地はわれらが統《す》べることになった。だが誰もが魃の功績から目を逸《そ》らそうとした。生みの親であるわたしがそうしたのだから、当然のことだ」

　乾きの力を半ばまで吐き出させられ、力を封じられた孤独な魃は、絶望して六合峰まで流れて来た。

「そしてわたしは、敵方の臣下の一人であり、ここの民の祖でもあった神を許し、代わりに魃を永遠に封じておくように命じた。そしてわたし自身も、小天地に自らを封じたのだ」

「封じたのだから、後は誰がふたを開けるも閉じるも勝手、と思ったわけだな」

僕僕の口調は辛辣《しんらつ》だ。

「そう言われれば返す言葉もない。だが秩序というものは、一度回り出したらむやみに手を出さない方がいいのだ」

「かつて敵対していた連中のようなことを言うんだね」

僕僕は皮肉るように笑みを浮かべて帝江をからかった。

「まあそういじめてくれるな僕僕。さて、魃よ」

帝江と僕僕の会話を顔を歪《ゆが》めて聞いていた魃は、何だ、と小さな声で答える。

「わたしはお前を封じに来た」

「そうだろうな」

魃は大して驚きもせず応じた。

「でもわしを縛り付けていた結界はもうない」

手首を差し上げると、その両手に絡《から》み付いていた組み紐《ひも》はぱらぱらと地に落ちた。

帝江は深いため息をついた。

「封じられることを受け入れてはくれんか」

「誰が好きこのんで、暗く冷たいところに一人でいたがる」

「か弱き者なら憐《あわ》れとも思ってもらえるだろう。だがお前は魃だ。天地から生気を奪い、あらゆる命を滅ぼす力を与えられた女神。役割を終えた今、静かに眠ることがお前のすべきこと」

魃はいやいやをするように首を横に振った。

「なぜわしだけが憎まれ、封じられなければならぬ！」

かっとその眼が見開かれる。一旦《いったん》収まった乾きの波動が、再び魃の中で高まりつつあるのがわかる。

「求められて生まれ、求められて戦い、求められて殺した。なぜ悪い。なぜわしだけが我慢しなければならんのか、納得いくように説明してみろ」

誰もが押し黙っていた。僕僕も帝江も、ただ黙って魃を見詰めている。王弁には、帝江に理があるとはどうしても思えなかった。魃を封じるのは、身勝手だ。

「この王弁という人間はわしに言ってくれた」

乾きすら、この天地には必要なのだと。憎まない者もいる、と。

「すまぬ、魃よ。だがこうするしかない。天地を任された者として、億兆の命と自分の娘のどちらを選ぶかと問われたら、答えは一つしかないのだ」

王弁はふいに、魃に戦って欲しい、と思った。

封印が解かれた今の魃なら、帝江とも五分に戦えるかもしれない。あれだけ本気の僕僕にすら一歩も引かなかったのだ。ここから一旦逃げて、安住の地を見つけて欲しい。

その思いが通じたかのように、魃は茨の鞭を再び手に取る。

だが続けて投げかけられた帝江の言葉に、魃の動きは止まった。

「お前は力を抑えられなくなることに、いまや怖《おそ》れを抱いているはずだ。大切に思う者が初めて出来た時、己の力がその存在を傷つけてしまうのではないか。全《すべ》てを滅ぼす力が、あまりに弱いその者を消し飛ばしてしまうのではないか、と。その怖れを現実のものとしないために、封じられるのだ」

旱の女神は迷っている。その姿を、王弁も息を呑《の》んで見つめていた。彼の視線に魃の視線がぶつかる。何か言いたげに口を開きかけた魃であったが、俯いた。そしてしばらくして顔を上げると、王弁の横を通り過ぎていく。一言、ささやいて帝江の前へと進んで行った。

「魃……」

「さらばだ」

手を伸ばそうとした王弁の肩を、僕僕が摑《つか》んだ。

「強き神が心に決めたこと、敬意を持って受け入れてやれ」

帝江が己の体を二つに分け、そのうちの一つが魃を包む。方形に変形したそれは檻《おり》となり、魃を取り囲んだまま峰の頂へと移動する。

魃の瞳はじっと王弁を見ていた。

「どうして……」

王弁には理解できなかった。

魃は誰も傷つけようなんて思っていない。誰も不幸にしようなんて思っていない。周囲を枯らしてしまうのは仕方のないことだ。魃の気持ちを無視して、彼女を倒そうとする僕僕や、封じようとする帝江の気持ちがわからない。

「神には神なりの責任と論理がある。巨大な力を与えられた者は、またその力に応じた行動をとらねばならない。恨んではいけない」

僕僕の言葉でも素直に頷《うなず》けない。

魃の瞳から猛《たけ》った血の赤みが消え、澄んだ少女の眼差《まなざ》しが現れた。

檻の中でじっと押し黙り、ただ王弁を見ている。王弁は何度も目をぬぐいながら、魃を見返した。峰の頂の拝殿跡に、魃を包んだ封印の檻が沈んでいく。

「魃!」

思わず絶叫した王弁の声に、魃はぴくりと肩を震わせた。だが檻は止まらない。王弁は膝《ひざ》をつき、何度も何度も魃の名を呼んだ。

既に肩の上だけを残すのみになった魃が、すっと手を上げた。そして王弁に向かって、小さく手を振ったのである。笑みを浮かべ、指先が見えなくなるまで、魃は手を振り続けた。王弁も大きく手を振る。檻が地中に全て消えるまで振り続けた。

「終わったな」

帝江は疲れきったように王弁と僕僕の方に体を廻《めぐ》らせ礼を述べた。

「わたしは全て過去のことと勝手に決めつけ、安穏《あんのん》と隠居していた。だが、封じられようとどうしようと、わたしの生み出した全ては天地に遍《あまね》くあることを忘れてはならなかった。いましばらく、我が赤子たちと向かい合っていくべきなのかも知れんな」

そう言い残して帝江は去り、司馬承禎も何か言いたげではあったが、満足げに都へと帰った。藍地銀は苗の人々に国の復興を忙しく命じつつ麓《ふもと》へと下りていく。六合峰の頂には静けさが戻ってきた。

涙をぬぐって、王弁も立ち上がる。

結局何も出来なかったという落胆と、決着がついたという安堵《あんど》が交互に押し寄せてきて、王弁は途方もない疲れを感じていた。頂からは人影が消え、僕僕だけが拝殿の石組みに腰を下ろして、天を仰いでいる。

僕僕は先ほどまでの怖い顔ではなく、いつもの飄々《ひょうひょう》とした表情に戻っていた。先ほどまでの張りつめた様子はなんだったのだ、と首をかしげたくなるほどの急激な変化だ。

「このアホ弟子。ちょっとこっちに来い」

僕僕はにゅっと腕を伸ばして王弁を近くへ引き寄せると、羽交《はが》い締めにした。

「キミのわがままが、魃もボクも、そしてこの天地ものっぴきならないところに追い込んだのだぞ。少しは反省しろ」

と叱《しか》りつける。

「え？　あ、すみません」

思わず王弁が謝ると、僕僕は小さな鼻に皺《しわ》を寄せて、彼の額を指で弾《はじ》いた。

「あっさり降参するんじゃない。さっきまでの強情さはどうした」

がくがくと膝から崩れ落ちた王弁は、

「は、はは……力抜けちゃって」

と力なく笑う。

「ふうん。で、最後魃ちゃんに何をささやかれていたのかな？」

「聞いていたんじゃないんですか」

「あいつ、小癪《こしゃく》にもボクに聞かれないように一瞬結界を張ったんだ。よほどボクに聞かれたくなかったんだろう」

別に大したことを言われたわけではないような気が、王弁はしていた。僕僕に助け起こされながら、魃にささやかれた言葉をそのまま僕僕に告げる。

「はあ……」

僕僕はそれを聞き、大仰《おおぎょう》に身振りを作って呆《あき》れ果てたと嘆息《たんそく》した。

「え？　何かいけなかったんですか」

「そのような言葉をおなごに言わせたとぬけぬけと口にするなんて最低な男だな、キミは。確かにそう言ったのか」

わけがわからず、王弁は目を白黒させる。

「お前のいなくなった天地なぞ、本当に絶望して何をしでかすかわからない。だから封じられることを受け入れる」

僕僕が復唱して、王弁が頷く。魃の言葉に間違いない。

「本当にわからないのか？」

「だから何がおかしいのか言って下さいよ」

「キミのような朴念仁《ぼくねんじん》には教える価値もないよ」

僕僕は快活に笑うと、麓へと軽やかに駆け下りていった。


空気に湿り気が戻り始めていた。魃がいなくなった後も、空がすぐ雲に覆《おお》われたわけではない。だが、王弁の鼻は確かに、その懐《なつ》かしい匂《にお》いを捉《とら》えていた。

「……水の匂いがする」

王弁は僕僕が去った後の六合峰の頂で大の字になって、刻々と潤《うるお》いを増す風を感じていた。張りつめていた全身が芯《しん》を失い、疲れの海の上を漂っているようだ。

「戻ろうか」

迎えに来てくれた吉良が鼻先を王弁の肩口に押し付ける。

「乗せてくれる？」

「いや、私もすっかり疲れてしまってな。だがまあ、麓まで歩いて付き合う程度の元気ならあるぞ」

「天地を越える時は乗せてくれるのに、山を下りる時は乗せられないなんて変なの」

なんだかおかしくなって、王弁は笑った。

「まあそう言うな。とてつもない距離を走ったからこそ、ごくわずかな道のりが苦しいこともある」

王弁は埃《ほこり》を払って立ち上がり、吉良と連れだって峰を下りた。

峰西の都に近づくに従って、水の匂いが強くなり、やがて王弁の耳にも力強い奔流《ほんりゅう》の音がどこからか聞こえてきた。

「吉良、水が……」

「龍脈《りょうみゃく》が力を取り戻したようだ。魃の力に絶えかけていた水の流れが地下深くよりよみがえり、大地を潤し始めている。間もなく、水をたっぷり含んだ雲がやって来て、天より地を濡《ぬ》らすだろう」

そして水の音と共に、笙《しょう》の吹き鳴らされる賑《にぎ》やかな楽曲が麓から聞こえてきた。

「お祭り騒ぎだね」

「今の主《あるじ》どのにならどれほど彼らが喜んでいるのか、わかるだろう」

「うん。わかる気がする」

大きく頷いた王弁は、その祭りの賑わいに加わりたい、と心から思った。山道を、宙を舞う薄妃を先頭に機織《はたおり》の娘たちが駆け上ってくる。

「やっと帰ってきた」

薄妃はくるりと王弁の周りを一回りし、着地した。

「先生が迎えに行けって」

「先生が？」

「王弁さんがいないと酒がまずいらしい」

薄妃の表情は、賈震《かしん》に恋焦《こ》がれていた時とはまた違った輝きを灯《とも》し出しているように思えた。

「何だか怒られましたよ」

魃が去った時の経緯を王弁が話すと、薄妃は大きくため息をついた。

「薄妃さん、何かわかるんですか」

「よくわかる」

薄妃が娘たちを振り向くと、彼女たちも呆れたように首を横に振っていた。

「先生が呆れてしまうのも無理ないわ」

歌うように言うと、また薄妃は身を翻《ひるがえ》して坂を下っていった。娘たちも笑いながらその後に続く。吉良と顔を見合わせて、王弁もゆっくりと坂を下りる。

やれやれお説教か。宿館に戻ると、屋根の先端に劉欣が立っている。殺し屋は王弁に気づいてちらりと視線を向けただけで、どこかへと消えた。

中に入ると、誰もいない。だが目が慣れてくると、窓べりに仙人が座っているのが見える。

「おお、来たか」

予想に反して、僕僕は機嫌よく王弁に杯を放って寄越した。懐《ふところ》から出されたその杯からは微《かす》かに杏《あんず》の甘い香りが漂っている。

「あの、先生が怒っていると聞いて来たんですけど」

「キミに怒るなんてことをしていると、いくら堪忍袋《かんにんぶくろ》があっても緒が切れまくるよ。だからそんなものは持たないことにしている」

「怒ってたじゃないですか」

と小声でつぶやく弟子をちらりと見たが、僕僕は何も言わない。その代わり彼女の手元から酒壺《さかつぼ》がふわふわと飛んできて、王弁の杯を満たした。

満たされた杯に少し口をつけてから、僕僕の隣に座った。

「ボクには嫌いなものがいくつかある」

僕僕は穏やかな声で言う。

「それは蛮勇《ばんゆう》というやつだ。周りを顧《かえり》みず、己の幼い功名心と勇猛心を満たすために突出する」

始まった、と王弁は首をすくめた。

「戦場において一騎がけが許されるのは、とてつもない力を持った者か、誰もが見捨てるような愚か者だけだ。キミはまさに、誰もが見捨てる愚か者そのものだろうな」

口調が穏やかであるだけに、余計に辛辣《しんらつ》に耳に刺さる。

「キミだけじゃないぞ。蚕嬢たちにしろ、峰西の連中にしろ、どいつもこいつもどれだけ危ない橋を渡ったかわかっていない。単騎で突っ込むばか者というのは、得てして周りも見えていないものだ」

「ああ、もう。どうもすみませんでした」

淡々と続くお説教は怒鳴りつけられるよりこたえる。王弁は一も二もなく降参を示した。

「なぜ謝る」

「先生がねちねちとお説教するからですよ」

口を尖《とが》らせる王弁に僕僕は苦笑する。

「じゃあキミは悪いことをしたと思っているんだね」

「お、思ってませんよ」

正しい方法でなかったのかもしれない、とは思う。だが王弁は魃の前に立ち、彼女を守ろうとしたとっさの判断だけは、どうしても悪いことだとは思えなかった。

「キミが魃の前に立ち、ボクが躊躇《ためら》ったことで、もしかすると天地全体が旱《ひでり》の被害を受けたかも知れないんだぞ」

「それはないです」

「どうしてそう言い切れる」

「そ、それは、その、勘です……」

力ない声で答える弟子を見て、僕僕はぷっと吹き出した。

「そんな頼りない勘で、キミは体を張ったのか。すかたんな弟子を持ったことは前からわかっていたけど、やっぱり呆れるしかないよ」

くくく、と笑いながら、しかし、と続けた。

「蛮勇は嫌いだが、一つだけ良い点もある。それは長い間に凝り固まった何かを壊してくれることがある、ということだ」

僕僕はくいっと杯を干して、再び満たした。

「ボクや帝江が考えていたことは、いや、魃に関わってきた全《すべ》ての者が考えていたことは、彼女をいかに抑えつけ、封じ、隠すかということだった。その力の危険さに気をとられ恐れるあまり、魃自身にも感情があることを忘れていた」

「みんなですか」

「そうだ。ボクのような仙人も、帝江のような古《いにしえ》の神も、蚕嬢のような峰西の人々も、同じように考えていた。だが、キミだけが違っていた」

違っていたのではない。王弁は頭を振った。

「燭陰さんと耕父さんに会わなければ、きっと同じように封じる方法を探そうとしていたと思います」

「惨《むご》たらしい戦場を経験し、世の流れから弾《はじ》き出された者たちだからこそ、気付いたことがある、というわけか」

考え深げに僕僕は杯を舐《な》めていたが、やがて、懐から何かを取り出した。小さな手の中にある何かは、王弁からは見えない。

「ま、蛮勇だろうが万端の準備を積もうが、勝ちは勝ちだ。キミは峰麓の人たちが干物になるのを救ったのだからな」

さすがの王弁も、自分の振る舞いが天地に大きな損害を与えかねなかったことや、せっかく仲良くなった魃が再び封じられたことを思えば、ご褒美《ほうび》はもらえるんですか、などという軽口は叩《たた》けなかった。

「ボクとしては面白くないところだ。キミはボクの邪魔をしようとしたのだからな」

それを言われると王弁も返す言葉がない。

「だが、思わぬものを手に入れた」

そう言って手を開いた。僕僕の手の中にあるそれは割れた瑠璃《るり》のようだった。くすんだ色をして、ぎざぎざに尖っている。

「これは？」

「何だと思う」

「さあ……割れた酒器か何かですか」

「何かを容《い》れるものの一部、という意味では間違っていないが、酒ではない」

王弁は僕僕が差し出した手のひらから、瑠璃の欠片《かけら》をつまみあげる。

「これをあげよう」

「はあ、それはどうもありがとうございます」

瑠璃はきれいなものだが、子供でもあるまいしこんな欠片で喜べるものかいな、と思いつつ押しいただく。

欠片が手の中でぴくりと動いたような気がして、袖《そで》に仕舞い込もうとしていた王弁は思わず手を開いた。欠片は王弁の皮膚の中に潜り込もうとうごめいていた。

「わ！」

手をぶんぶんと振っても、欠片は落ちるどころか王弁の手の中に潜り込んでくる。

「せ、先生、これ何か変です！」

助けを求めても、僕僕はにやにやして眺めているばかりだ。

「まあ落ち着け。それはキミがここ最近、ずっと欲しがっていたものだぞ」

「ずっと欲しがっていたもの？」

「そうだ。嬉《うれ》しかろう」

王弁が首をかしげている間に、その欠片は彼の体内に入って、やがて消えてしまった。どこかが痛むとか、力がみなぎるということもない。ただ瑠璃の欠片が手のひらから体の中に入ったというだけだ。

「魃ほどの女神をここに縛りつけておくだけの力を持っていた。古の神が、あいつを封じるために使ったんだろう。もちろん、完全なものではなく、蚕嬢のような巫女や導神《どうしん》の存在があって、初めて力を発揮できるような不完全な代物《しろもの》であったがな。魃がいなくなった今、ここにあっても仕方あるまい」

「もしかして、これが仙骨……」

僕僕は杯を干して頷《うなず》いた。

「ほんの欠片でしかないけどね」

王弁はやったと快哉《かいさい》を叫んで飛び上がる。

「どうだ。力が湧《わ》いてきたか」

「え？　そんな気がしないこともないようなあるような」

「はっきりしない奴《やつ》だな」

ぴょんと飛んでみても、膝《ひざ》の高さ程度。気合いを発しても声が出るだけ。何も変わったところはない。

「そうだ。キミの力を測る良い方法がある」

僕僕は急に真面目《まじめ》な顔をして王弁に向き合った。

「心を無にして、己が仙道に足を踏み入れているかどうか、そこの壁に聞いてみよ。心《しん》魅を封じたほどの仙骨を得たキミなら、きっと造作《ぞうさ》もなくあの壁を抜けられよう。頭滅却《とうめっきゃく》すれば壁もまた薄し」

なるほど、と頷いた王弁は手に唾《つば》して宿館の壁に突進する。最高速に達した王弁は頭にこぶを作ることもなく、壁の向こうへと突き抜けていた。

「やった！」

と後ろを振り返った彼の目には、木の皮で編みあげられた薄い壁に開いた大穴が見えていた。何のことはない。ただ勢いで壁を破ってしまっただけらしい。

「弁、下を見ろ」

僕僕が言うので見てみると、足の下には何もない。高床の宿館を飛び出した王弁は、あえなく地上へと落下した。無限のような一瞬の中で王弁の耳に聞こえていたのは、いつ終わるともしれない僕僕の軽やかな笑い声であった。

しかし僕僕が視界から消える間際《まぎわ》、王弁は僕僕の囁《ささや》きを耳にした気がする。

「……魃を受け止めたように、ありのままのボクを受け止められるかな」

その口調があまりにも小さく寂しげで、慌《あわ》てて僕僕へと手を伸ばそうとした次の瞬間には、彼は地面に落ちて目を回していた。

参考文献

『中国古典文学大系 第8巻「山海経」』 高馬三良訳 (平凡社・一九六九)
『雲笈七籤』 張君房編 (中華書局・二〇〇三)
『苗族社会歴史調査』 貴州省編輯組編 (貴州民族出版社・一九八六)
『中国苗族通史』 伍新福 (貴州民族出版社・一九九九)
『苗族民話集』 村松一弥編訳 (平凡社・一九七四)

挿画 三木謙次

解説

田中ロミオ

唐代中国には夢と浪漫がある。本書を読み終えた今、そう信じることに決めた。だから古代中国の歴史は学ばない。夢は終わらせない。

それにしても、仙人や妖怪《ようかい》が跋扈《ばっこ》し仙術が飛び交う冒険活劇は、予想以上に私をそわそわとさせた。童心が刺激され、魂がうずいた。古代中国に異界を感じてしまったのだ。外国人が日本に、超人的な侍や異能の忍者を幻想することとどこか似ている。

夢と浪漫は、歴史的間隙《かんげき》を好む。

それは歴史上の未発見であっても良いし、我々読者の不勉強から生じるものであっても良い。知り尽くした歴史に、夢の入り込む隙《すき》は少なくなるはずだ。だから手垢《てあか》のついていない題材は、良質のファンタジーを生む土壌となり得る。現代人である私たちの多くは現実主義的だが、想像の余地さえあればそこに異世界を滑り込ませて楽しむことができる。

仙道の存在する古代中国、悪くはない。

だがものにするとなれば、そう簡単にはいくまい。

異文化を描く物語なのだし、高尚すぎても理解が追いつかないはずだ。文体は平易にして、それでいて描写には説得力がなければならない。

しかし中国の古典に耽溺《たんでき》している気になれる、格調高い筆つきは必須だろう。

臆面《おくめん》もなく言ってしまうが、仙人が登場するなら美少女であったりすると実にうれしい。

さらに我々読者が入り込むため、親しみ深い主人公がいてくれると最高だ。具体的には、現代でいうところのニート青年であることが望ましい。

そのニート青年には才能がありすぎても興ざめだが、まったく素質に恵まれないというのも寂しい。うまくさじ加減をきかせてくれればなおよしである。

こんなところだろうか。

もし私がそんな要望を突きつけられたなら、もちろん逃げの算段をはじめる。酷な要求だ。ところが読者視点に立った途端に、こういうことを平気で口にしてしまうのだから業《ごう》が深い。

幸い、そういう依頼が私のところにねじこまれる心配はない。

世にはすでに「僕僕先生」シリーズが存在している。


本シリーズをはじめて手に取る読者に向け、改めて説明をしたい。

この文庫版『さびしい女神』は、日本ファンタジーノベル大賞出身の作家、仁木英之さんの手による「僕僕先生」シリーズの四冊目にあたる作品だ。

これ一冊でも読めないことはないということだが、一冊目から通して読んでいただくことを強くお勧めする。特にこの四冊目のみを読むというのは、得損なうものが多くもったいない。

いいとこのボンボンである王弁という青年が、毒舌の美少女仙人と旅をする『僕僕先生』。

道中、新たな旅仲間を加えながらも訪れる先々で騒動に巻き込まれる第二弾『薄妃の恋』、第三弾『胡蝶《こちょう》の失《な》くし物』。

そして物語の大きな区切りとなるこの第四弾『さびしい女神』、という流れになっている。

とりわけ、この四巻の出来映えはシリーズ中でも白眉《はくび》だ。

第一弾は素直に面白く話題性もあった。実際、当時の本読みの間では密《ひそ》かな話題となっていた。第二弾は短編集めいた構成となった。道中の様子がおもしろおかしく描かれるが、物語は大きくは進まなかった。第三弾になると一行の命を狙《ねら》う者があらわれ、緊迫するかと思いきやいつもの僕僕テイストに収束した。しかしこの『さびしい女神』で、物語はダイナミックに拡大した。

内容についてじかに触れる無粋は避けるが、仙人の活躍する物語にふさわしく、天地を縦横無尽に行き来する壮大なスケールを見せつけた。ＳＦのジャンルのひとつに、時空間を好きなように飛び回るワイドスクリーンバロックと呼ばれる作品群があるが、それに近しいものを強く感じた。そう、仙道における天地の天とは宇宙の向こう側なのだ。実にいい。

一冊目でもその片鱗《へんりん》は見せていたものの、ここまで書かれてようやく「どうやら仙人・仙術というやつ、なんでもありなのだな」と理解できた気がする。

考えてみれば当然の話だ。

神仙思想は道教に根付いている。その道教というのも実に漠然とした、つかみどころのない宗教だ。大いなる神を崇《あが》めるわけでもなく、宗教というより思想に近い。様々な民間宗教や思想などを貪欲《どんよく》に吸収してきたというから、その過程で謹厳さも薄く引き延ばされてしまったのかもしれない。その目的は不老長寿や現世の成功といった俗なもので、凡夫からすればなんだか嬉《うれ》しい教えなのだ。

修行をきつい坂道にたとえた時、苦労は買ってでもしろと要求されるのが求道の常だが、道教では寿命を延ばすことで勾配《こうばい》をゆるくしても良いとされる。作中で王弁青年の父親（私が特に好きな登場人物だ）が没頭しているのがこれだ。ついでにいえば無為に自然に生きて良く、政治のことなんてあまり考えなくても良く、お酒を飲んでも良いし女人と交わっても良い。実に宇宙である。ホーライスタイル、最高だ。

となると「僕僕先生」シリーズの第一巻の冒頭で「何もせず佳肴《かこう》を楽しみ、風光を愛《め》でる生活こそ最上だ」と考えていた王弁君こそが、本来のあるべき姿のような気もしてくる。確かにニートは無為自然の境地と言えないこともない。計算か偶然かは筆者にしかわからないことだが、なんともよくはまった設定である。王弁君が様々な神仙や神々に愛されあるいはいじられる理由も、案外そのあたりにあったりするのだろうか？　こればかりは、物語の続きにて確認していく他はない。

さて、本書では壮大な物語が紡《つむ》がれたことを語った。詳述はしないが、今回のお話はただ単に面白いだけではなく、とても意味深いものだ。この物語の最終的な落としどころを示唆《しさ》しているように感じられたからだ。

読者視点でそれはまだ漠として定かではないが、今回の事件は、僕僕先牛と王弁君の間にいずれやってくる出来事のテストケースになり得るのではないかという予感がしている。本書の最後にある僕僕のセリフが意味深だ。

先にワイドスクリーンバロックという言葉を出したが、本作をそれになぞらえるのに、実はひとつ足りない要素がある。時間だ。

手段はどうでも良いがなんとかして宇宙物理学をねじ伏せ、時間を往来するくらいの気概が必要なジャンルなのだが、僕僕ワールドではどうやら一度過ぎた時は戻らないことになっているらしい。

仙人や神々の力でも時の流れに干渉できないことは、本文中で何度か触れられていた。それは僕僕先生の力をもってしてもかなわない。神仙だろうが神々だろうが、つらい過去からは目を背けるか忘れるかしかない。心という一点において、神仙と人間は対等たりえるのである。王弁君、どうやらまだこのことに気付いていないご様子。現時点では仙骨にばかりこだわっている王弁君だが、今後そのあたりをどう昇華していくのか（あるいはまったく昇華しないのか）、期待しつつ見守っていきたい。

最後に個人的なことを少々。

どうも自分には仙骨があるようなのだ。本当だ。いや根拠はないのだが、どうもそんな気がする。劉欣《りゅうきん》さんのような覚醒《かくせい》こそまだだが、そのうちなんとかなりそうな気配がある。少なくとも仙縁はゼッタイにある。そう思うのは、こんな理由だ。

本書の著者である仁木英之さんと私は、実は同じ年齢である。ともに73年生まれ。立派なご縁だ。エンターテイメント世界に同年齢の創作者が多いことには、ずいぶん前から気付いていた。私はこれを73年組と呼び、自分がそのはしくれであることをひそかな励みとしていたのだ。そして今後はそのリストに、仁木英之という名も加わることになった。大きな収穫であると思っている。

(平成二十四年十一月、フリーライター)

この作品は平成二十二年四月新潮社より刊行された。

仁木英之著
僕僕先生
日本ファンタジーノベル大賞受賞

美少女仙人に弟子入り修行!? 弱気なぐうたら青年が、素晴らしき混沌を旅する冒険奇譚。大ヒット僕僕シリーズ第一弾！

仁木英之著
薄妃の恋
—僕僕先生—

先生が帰ってきた！ 生意気に可愛く達観しちゃった僕僕と、若気の至りを絶賛続行中な王弁くんが、波乱万丈の二人旅へ再出発。

仁木英之著
胡蝶の失くし物
—僕僕先生—

先生が凄腕スナイパーの標的に?! 精鋭暗殺集団「胡蝶房」から送り込まれた刺客の登場で、大人気中国冒険奇譚は波乱の第三幕へ！

小野不由美著
月の影 影の海(上・下)
—十二国記—

平凡な女子高生の日々は、見知らぬ異界へと連れ去られ一変した。苦難の旅を経て「生」への信念が迸る、シリーズ本編の幕開け。

篠原美季著
よろず一夜のミステリー
—水の記憶—

不思議系サイトに投稿された「呪い水」の怪現象は、ついに事件に発展。個性派揃いのチーム「よろいち」が挑む青春〈怪〉ミステリー開幕。

篠原美季著
よろず一夜のミステリー
—金の霊薬—

サイトに寄せられた怪情報から事件が。サイエンス&深層心理から、「チームよろいち」が、黄金にまつわる事件の真実を暴き出す！

さびしい女神

僕僕先生

新潮文庫　に－22－4

平成二十五年一月一日発行

著者　仁《に》木《き》英《ひで》之《ゆき》

発行者　佐藤隆信

発行所　株式会社 新潮社

郵便番号 一六二―八七一一
東京都新宿区矢来町七一
電話 編集部(〇三)三二六六―五四四〇
読者係(〇三)三二六六―五一一一
http://www.shinchosha.co.jp

価格はカバーに表示してあります。

乱丁・落丁本は、ご面倒ですが小社読者係宛ご送付ください。送料小社負担にてお取替えいたします。

印刷・錦明印刷株式会社　製本・錦明印刷株式会社

ISBN978-4-10-137434-5　C0193